KB124986

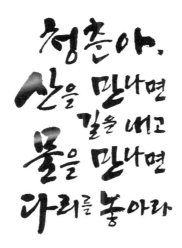

청춘아, 산을 만나면 길을 내고 물을 만나면 다리를 놓아라

미야자키 신지 지음
정은지 옮김

부자나라

모든 것은 '생각'에서 비롯된다

누구에게나 꿈이 있다. 어떤 이는 과거에, 또 어떤 이는 현재에.

그러나 실제로 꿈을 실현하는 사람은 소수에 불과하다.

대개의 사람들은 허덕거리며 시간과 정력만 낭비할 뿐 우리에게 주어진 금쪽같은 시간을 그냥 흘려보내기 일쑤다. 물론 이미 오래 전에 꿈을 실현한 사람도 있지만.

그렇다면 우리는 왜 꿈을 실현하지 못했을까?

이상한 상사를 만나서? 대학을 나오지 못해서? 가정환경이 나빠서? 이도 저도 아니면 운이 따라주질 않아서? 만나는 사람마다 영 시원찮아서?

아니다.

대답은 간단하다. '생각'을 법칙대로 활용하지 못했기 때문이다. 거꾸로 말하면 꿈을 착실히 실현해나가고 있는 사람은 '생각'을 법칙대로 활용하고 있는 사람이다.

정리하면 이렇다. '생각'의 법칙을 따르기만 하면 누구나 꿈을 실현할 수 있다. 물론 당신도 예외는 아니다.

이 세상 어디든 예외 없이 '원인과 결과의 법칙'이 존재한다. 비단 인간 세상뿐 아니다. 살아 있는 모든 생물 그리고 자연현상에 이르기까지 이 세상에 존재하는 모든 것에는 이 '원인과 결과의 법칙'에 따라 움직인다고 해도 과언이 아니다. 즉, '결과'가 있는 곳에는 예외 없이 그 결과를 낳은 '원인'이 있다는 말이다.

그렇다면 꿈을 실현하기 위해 '생각'을 어떻게 활용해야 할까?

'결과'를 만들고 싶다면 그 '원인'을 만들면 된다. '결과'는 물론 꿈의 실현이다.

다행히 인간은 자유의지로 꿈을 실현시키기 위한 '원인'을 일정 범위 내에서 만들 수 있다. 그 '원인'이란 우리의 '행동'이며 그 '행동'을 일으키는 것이 바로 '생각'이다. 그렇다. '생각'이 결과를 만들어내는 것이다. 모든 것은 생각에서 시작해서 생각으로 끝난다.

그렇다면 어떤 '생각'을 해야 꿈을 이룰까?

구체적인 내용은 본문에서 자세히 설명하겠지만 한마디로 요약하면 '지금보다 나은 사람이 되자', '지금보다 행복해지자'라고 마음먹는 의욕과 열정이다. 그 본질은 눈에 보이지 않는 노력, 배려, 성실, 근면, 친절, 독립심, 정직, 애정, 우정, 동정, 용기, 인내, 극기심, 이타심, 관용, 평상심, 조화, 절제…… 등등 동서고금을 막론하고 현인들이 부르짖는 인간의 아름다운 본성이다.

꿈을 이루지 못하는 사람은 대개 이런 '눈에 보이지 않는 본질'은 거들떠보지도 않고 돈, 업적, 지위, 명예, 권위, 고학력, 미모와 같은 '눈에 보이는 것'들에만 집착한다. '눈에 보이는' 이런 것들에만 집착한 나머지 꿈을 실현시키기 위한 행동을 하기도 전에 자신감을 상실하거나 다른 사람을 부러워만 하면서 아까운 시간을 낭비한다. 당연히 꿈이 꿈으로만 끝나고 만다.

'결과'는 모두 '생각'의 산물이다. 당신이 '지금보다 나은 인간이 되겠다'는 의욕을 가지고 그 본질을 행동에 옮길 만한 무엇인가를 생각해냈다면 이 순간이 바로 당신에게 주어진 절호의 기회다.

그런 기회를 놓치지 말고 하나하나 도전해나가기 바란다. 그러면 반드시 '열매(건강, 돈, 여유로운 마음, 인망, 행복……)'를 맺는다. 이것이 '생각'의 법칙이며 이 법칙은 누구에게나 예외 없이 완벽하게 적용된다.

인간은 마음의 존재다.

'생각'은 반드시 실현된다. 이것이 우주의 법칙이기 때문이다. 이 책이 여러분이 꿈을 실현시키는 데 도움이 되기를 간절히 바란다.

IDEA

Part 1

생각은 인간력

덕 있는 인격을 만들자

DREAM

인간은 살아 있는 자석이다.
선인은 선인을, 악인은 악인을 부른다.
괜찮은 사람을 만나고 싶다면
자기 자신부터 괜찮은 사람이 되자.

지금 당신의 주변사람들을 한 명 한 명 떠올려보자. 친구, 애인, 배우자, 이웃…….

부모형제나 직장 상사처럼 당신의 의지와 상관없이 관계를 맺고 있는 사람들은 제외시키고 당신의 선택과 의지로 관계를 맺고 있는 사람들만을 떠올려보자.

그들은 모두 좋은 사람들인가? 존경할 만한 사람들인가? '이 사람은 이런 면이 좋다'고 다른 사람에게 거리낌 없이 얘기할 수 있는 사람들인가?

아니면 그저 그런 사람들인가? 특별히 '이런 점이 좋다'고 말할 만한 부분이 없는 사람들인가?

만약 당신의 대답이 후자라면 그리고 왜 좀더 괜찮은 사람들이 당신 주변에 없는지 불만을 품고 있다면 이제 그 모든 것을 우연 탓으로만 돌리는 것을 그만두자. 왜냐하면 그런 사람들은 우연이 아니라 다른 사람도 아닌 바로 당신 자신이 끌어 모은 사람들이기 때문이다.

소크라테스가 남긴 유명한 말 중에 '인간은 살아 있는 자석이다' 라는 말이 있다.

선인은 선인을, 범인은 범인을, 악인은 악인을 끌어당긴다. 다시 말하면 당신 주변에 있는 사람들은 당신과 비슷한 수준의 사람들인 것이다.

가령 자기 이익밖에 생각하지 않는 이기적인 사람이 있다고 하자.

그는 다른 사람을 속여 큰돈을 벌겠다는 꿍꿍이로 머릿속이 꽉 차있다. 그런 사람은 그럴싸한 미끼를 들고 여러 사람을 상대로 사기를 친다.

보통 사람은 그런 허황된 얘기를 귓전으로도 듣지 않는다.

어쩐지 수상쩍다는 느낌이 들기 때문이다.

정상적인 사고방식을 가진 사람이라면 정상적인 수법으로 돈을 벌어야 한다고 생각한다.

그러나 이상한 낌새를 알아차리지 못하고 덫에 걸려드는 사람이 있다. 본인이 이기적인 사람이기 때문이다.

이기적이기 때문에 '이 사람이 말하는 대로 잘만 하면 한건 크게 올리겠는걸' 하고 같은 수준으로 생각하는 것이다.

이기적인 사람만이 이기적인 사람에게 들러붙는 법이다.

앞의 이야기는 한 가지 예에 불과하다. 일시적으로는 수준이 다른 사람들과 같이 어울릴 수 있을지 몰라도 시간이 지날수록 점점 멀어질 수밖에 없다.

당신 주변을 맴도는 사람들은 바로 당신 자신을 비추는 거울이다. '왜 내 친구들은 전부 별로지' 하고 한탄해봤자 누워서 침 뱉기밖에 되지 않는다.

우연이 아니라 필연이다.

괜찮은 사람들과 만나고 싶다면 먼저 자기 자신을 괜찮은 사람으로 만들어라.

괜찮은 사람이 되기 위해 자신을 연마하다보면 수준이 낮

은 사람들이 훤히 보일 뿐 아니라 나보다 수준이 높다고 생각

하던 사람들이 자연스럽게 다가온다.

 생각의 법칙01

자신을 연마하다보면 나보다 수준이 높은 사람들과

만나게 된다

학문에 힘써 사물의 이치를 깨달은 사람은
훌륭한 사람이 되고 넉넉한 재산가가 된다.
그러므로 학문에 힘쓰기를 게을리 하지 말자.
배우면 배울수록 인생이 풍요로워진다.

후쿠자와 유키치 선생이 남긴 명저 《학문을 권함》에서 '하늘은 사람 위에 사람을 만들지 않았고 사람 밑에 사람을 만들지 않았다'는 유명한 말을 남겼다.

이 말이 미국의 독립선언문의 한 구절인 'All men are created equal'을 번역한 말이라는 설도 있으나 여기서 그가 강조하고자 하는 바는 '우리는 태어날 때 상하귀천의 차별 없이 태어났다'는 것이다. 그러나 이것은 말 그대로 태어났을 때 얘기다.

좀더 발전시켜 풀이하면 태어났을 때는 모두 다 똑같이 태어났지만 어떤 삶을 영위하느냐에 따라 현명한 사람도 우둔한 사람도 된다는 말이 된다.

그는 이 말을 다음과 같이 표현했다.

'학문에 힘써 사물의 이치를 깨달으면 훌륭한 사람이 되며 넉넉한 재산가가 되고, 학문에 힘쓰지 않는 사람은 정신적 · 물질적인 어려움을 느끼며 보잘것없는 고된 삶을 살게 된다'

여기서 말하는 '학문'은 넓은 의미의 학문, 즉 '교양'을 의미한다. (특히 후쿠자와 선생은 실제로 도움이 되는 교양을 몸에 익히라고 권고하고 있다) 학력의 차이를 말하는 것은 아니다.

즉, 사물의 이치를 깨달은 훌륭한 재산가가 되고 싶다면 하나도 교양 연마요, 둘도 교양 연마인 것이다. 그는 그 찬스가 누구에게나 있다고 힘주어 말한다.

그런데 대부분의 사람들은 일단 학교를 졸업하고 취직을 하면 공부와도 담을 쌓는다. 기껏해야 승진에 도움이 되는 공부를 하는 정도에 그치는 경우가 많다. 이래서야 폭넓은 교양을 쌓을 수 없다.

평생에 걸쳐 교양 쌓기를 게을리 하지 말아야 한다. 우리가 배워야 할 것은 무궁무진하다. 배우면 배울수록 배워야 할 것들이 눈에 들어온다. 배울 게 없다는 사람은 그것들을 모르고 지나칠 뿐이다.

배우면 배울수록 정확하게 판단하는 눈이 생겨 실패를 할 확률이 줄어든다. 실패가 줄어들면 그만큼 시간과 비용을 낭비하지 않아도 된다. 당연히 부자가 될 확률도 그만큼 늘어난다.

 생각의 법칙 02

배우겠다는 생각과 의지가 배워야 할 것들을 가르쳐 준다.

작은 것이라도 좋다.
세상에 도움이 되는 일을 하나씩 해보자.
그것이 **당신의 품격**을 높인다.

에너지는 갑자기 생겼다가 갑자기 사라지는 것이 아니라 에너지가 다른 모양으로 바뀌는 것뿐이다. 이것을 본질불변의 법칙이라고 한다.

인간은 일종의 '에너지 변환기'이다. 받아들인 에너지는 '나'라는 '변환기'를 통해 다른 모양으로 바꾼다.

예를 들면 이런 것이다. 우리가 음식물을 섭취하면 눈앞에 보이는 음식이 사라진 것처럼 보이지만 실은 이 음식에 들어 있던 영양소는 우리 몸을 유지하는 에너지원으로 승화되고 쓸모없는 것들은 체외로 배출된다. 음식이 영양소와 배설물로 바뀐 것뿐이다.

'정신적 에너지'도 마찬가지다. '정신적 에너지'란 책과 TV, 음악, 영화, 강연회 그밖에 일상생활에서 보고 듣는 정보 속에서 얻는 에너지를 말한다.

훌륭한 '변환기'가 되자. 이것이 우리 삶의 궁극적인 목표다. 어떤 에너지라도 '나'라는 '변환기'를 통해 원래 에너지에 플러스 요소를 부가하여 변환시켜야 한다. 플러스 요소를 많이 부가시키는 변환기가 훌륭한 변환기다. 반대로 마이너스 요소를 부가시키는 변환기는 질이 떨어지는 변환기라고 할 수 있다.

'훌륭한 변환기'(훌륭한 인간)가 되고자 한다면 '이 세상에 존재하는 '나'라는 한 사람의 인간이 얼마나 이 세상을 밝게 만드는 데 공헌하고 있느냐'를 끊임없이 자문하고 세상을 밝게 만드는 일을 찾아 매일매일 착실히 실행해나가야 한다.

도로에서 넘어져 있는 자전거나 휴지를 발견했다고 하자.

자전거를 일으켜 세우고 휴지를 주워 휴지통에 넣는 사람이 있는 반면 못 본 체 지나치는 사람도 있다. 더 심하게는 아무렇지도 않게 담배꽁초를 도로에 버리는 사람도 있다.

그들은 모두 인간이라는 '변환기' 다. 한쪽은 세상을 밝게 하는 데 공헌하는 반면 한쪽은 공헌은커녕 오히려 세상을 더 럽히고 있다.

이런 사소한 일에서부터 인간으로서의 품격이 차이가 난다.

아무리 작은 일이라도 상관없다. 아니, 작은 일부터 시작해 야 큰일을 해낼 수 있다.

내 삶이 조금이라도 세상을 밝게 하는 데 보탬이 될 수 있 도록 늘 의식하며 살자.

그런 의식이 강하면 강할수록 당신의 품격은 높아진다.

 생각의 법칙 03

세상을 밝게 하겠다는 의식이 품격을 높인다.

상대방이 누구든 그 사람에게 도움이
된다고 생각하면 적극적으로 도와주자.
배려는 인덕을 낳는다.

일을 할 때는 '어떻게 하면 다른 사람에게 도움이 될까'를
먼저 생각하자. 왜냐하면 그것이 일의 본질이기 때문이다.

여기서 말하는 '다른 사람'은 누구를 의미하는 것일까? 매
출을 올려주는 사람은 고객이므로 고객만을 만족시키면 될
까? 고객만 생각하고 뒤에서 묵묵히 도와주는 사람은 나 몰
라라 해도 될까?

그렇지 않다. 모든 사람을 만족시켜야 한다.

모든 사람이란 상사, 동료, 부하, 아르바이트 사원, 더 나아

가 거래처 사원, 협력업체 직원 등 나와 관계를 맺는 사람 모두를 의미한다. '나' 라는 한 인간이 이들에게 얼마나 도움을 줄 수 있을지 그것을 늘 의식하며 업무에 임해야 한다.

일을 통해 타인에게 도움이 되는 방법에는 여러 가지가 있다.

컴퓨터 앞에서 쩔쩔매는 상사에게 초보자들도 쉽게 이해하는 컴퓨터 책을 알려준다든지 사내 인간관계로 고민하는 동료의 하소연을 들어주고 위로해준다든지 업무에 서툰 부하직원에게 업무 스킬을 가르쳐준다든지 관련업체 직원과 공동 작업을 할 때 상대방의 스케줄에 문제가 생기지 않도록 기한을 엄수한다든지.

상대방이 누구건 내가 그 사람에게 도움이 되는 일이 있다면 모른 체 하지 말고 나서서 도와주어야 한다. 아무리 작은 일이라도 상관없다. 순수한 마음으로 '이렇게 하면 이 사람에게 도움이 될 거야' 하는 생각이 든다면 적극적으로 도와주자.

간혹 당신의 호의를 달가워하지 않는 사람이 있을지도 모른다. 그러나 그런 것에 개의치 말라. 당신의 동기만 순수하다면 거절당하는 것을 두려워할 필요는 없지 않은가.

물론 이것은 이상론이다. 아무리 노력해도 가까워지지 않는 사람이 존재하기 마련이다. 그런 사람에게는 말 걸기조차 싫은 게 인지상정이다. 만약 그런 사람에게까지 마음에도 없이 억지로 친절을 베풀 필요는 없다. 자기가 가능한 범위에서 최선을 다하는 것이 중요하다.

중요한 것은 '아무리 작은 일이라도 나와 관련된 사람에게 도움을 주리라' 하는 마음가짐이다. 그 '마음가짐'은 '인덕'이라는 결과를 낳는다.

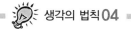 생각의 법칙04

타인에게 도움을 주겠다는 마음가짐이 인덕을 낳는다.

출세하고 싶은가?
그렇다면 **성실이 최강의 무기**다.
다른 사람과 견줄 수 없는 성실함이 출세의
기본 조건이다.

회사원들이라면 누구나 높은 자리에 오르길 꿈꾼다. 그렇기에 사내의 평가, 특히 높은 사람들의 눈에 들기 위해 필사적으로 노력하고 그들의 평가에 신경을 곤두세운다. 이 자체는 아무 문제가 없다.

그러나 출세의 본질을 망각하고 자신의 위치만을 지키려고 하면 출세는 그야말로 꿈으로만 끝나고 말 공산이 크다.

여기서 나의 오래 전 경험을 하나 들려줄까 한다.

어떤 출판사의 의뢰로 7%의 인세를 받고 번역서를 내게 되었다.

그런데 작업도 순조롭게 진행되고 출판일도 얼마 남지 않은 어느 날 갑자기 출판사 담당자에게서 '드릴 말씀이 있으니 회사까지 좀 나와 주십사' 하는 메일이 왔다.

그래서 지정된 날에 출판사에 갔는데 담당자는 나를 보자마자 이렇게 말했다.

"실은 좋지 못한 소식이 있습니다. 인세를 7% 드리려고 했는데 사정이 여의치 않아서 5% 정도로 해주시면 안 되겠습니까? 윗분과 얘기해봤지만 안 된다면 안 되는 줄 알라면서……

요즘 책이 하도 안 팔려서 회사 사정이 별로 좋지 못합니다. 선생님이 받아들여주시지 않으면 제 입장이 난처해집니다. 부탁드립니다."

그 후의 전말은 여기서 내가 전하고자 하는 내용과 관계없는 일이므로 생략하겠다.

내가 지적하고자 하는 바는 그 편집자의 성실성이다. 그는 사내에서의 자신의 입장을 지키기에만 급급한 나머지 성실을 저버렸다.

무샤코지 사네아츠씨는 성실과 출세의 관계에 대해 다음과 말했다.

'출세하고 싶으면 평범한 성실함으로는 안 된다'

출세하고 싶다면 이 말을 가슴에 깊이 새겨둘 일이다.

출세는 '남과 견줄 수 없는 성실함'의 보수로 얻어지는 것이다.

내가 만약 그 편집자였다면 회사가 깎으려는 인세 2%를 내 돈으로 지불하는 일이 있더라도 그런 식으로 일처리를 하지는 않았으리라. 현금이 없다면 나누어서라도 지불했을 것이다. 그렇다고 내가 이상주의자라는 말은 아니다. 일시적으로 자신의 입장을 지키기 위해 번역자에게 읍소하는 일은 어렵지 않다. 그러나 그럼으로써 자신의 성실함에 금이 가면 출세로 이어지기는 힘들다.

출세하고 싶으면 무샤코지 사네아츠씨의 말을 명심하자. 평범한 성실함으로는 평범한 사원밖에 되지 않는다. '남과 견줄 수 없는 성실함'을 갖추어야 출세할 수 있다. 이해가 대립될 때야말로 당신의 성실함을 보여줄 수 있는 기회다. 상대방이 '저렇게까지 내 생각을 해주다니!' 하고 감탄할 만큼의 성실함으로 대응하자. 어떤 일이 있어도 성실함을 저버려서는 안 된다. 출세는 그런 사람들의 몫이다.

 생각의 법칙05

출세는 당신이 얼마나 성실하냐에 달려 있다. 남과 견줄 수 없는 성실함으로 무장해야 출세할 수 있다.

IDEA

Part 2

생각은 원동력

나를 단련시키자

DREAM

분노를 발판삼아 앞으로 나가자!
앞뒤 가리지 않고 일에 몰두하다보면
어느새 슬럼프는 저 멀리 달아난다.

열심히 노력하는데 좀처럼 결과가 보이지 않는 시기가 있다.

노력하면 '원인과 결과의 법칙'에 따라 실력은 향상된다. 그러나 그 결과가 언제 나타날지 좀처럼 감 잡기가 힘들다. 아무리 노력해도 아무 것도 달라지지 않는 시기, 이런 시기를 흔히 슬럼프라고 한다.

다소 기간의 차이나 강도의 차이는 있을망정 누구나 다 슬럼프라는 까마득한 강을 만난다.

일본 프로야구의 살아 있는 전설 왕정치 감독은 슬럼프를 극복하는 방법으로 다음의 세 가지가 있다고 말했다.

(1) 알코올의 힘을 빌려 기분전환하기

(2) 잠시 일을 잊고 취미생활에 몰두하기

(3) 아무 생각 없이 연습에 매진하기

왕감독이 가장 선호했던 방법은 다름 아닌 (3)번이었다.

그렇다면 왕감독이 슬럼프를 극복할 수 있었던 원동력은 무엇이었을까? 바로 분노였다고 한다.

왕 감독은 자신의 자서전에서 이렇게 밝히고 있다.

'세상 사람들은 내가 굉장히 성실한 사람인줄 알고 있다. 그러나 매스컴이 만들어낸 이미지일 뿐 본래의 내 모습과는 다르다. (중략) 삼진으로 물러났을 때는 언제나 시합이 끝난 뒤 타석에 들어가 헛스윙질을 해댔다. 억울하고 분했다. 그렇게라도 하지 않으면 울분이 사그라지지 않았다. (중략) 줄기차게 연습에 매진할 수 있었던 원동력은 억울함과 분함이었다.'

왕 감독은 내가 세상에서 제일 존경하는 사람 중에 하나다. 그래서 슬럼프에 빠지면 왕 감독의 슬럼프 극복법을 떠올리며 아무 생각 없이 일에 몰두한다.

내가 서른 살 때 영국의 대학원에 진학하게 된 동기도 분노였다.

영국으로 건너가기 전 3년 동안 어느 회사 번역팀에서 일한 경험이 있다. 그런데 나는 회사에서 내가 가장 열심히 일한다고 자부하고 있었음에도 불구하고 사장님의 핀잔은 늘 내 몫이었다. 다른 팀원들은 도쿄대, 와세다대, 게이오대 등 일류 대학 출신들인데다가 꽤 나이도 있었기 때문에 아무리 사장님이라도 함부로 말하기가 어려웠으리라. 덕분에 늘 나만 호된 시집살이를 했다. 판매실적도 제일 좋은데 나만 시집살이를 한다는 생각에 억울하고 분해서 견딜 수가 없었다.

'입도 뻥긋 할 수 없을 만큼 완벽한 번역을 하면 이런 억울한 일은 안 당하겠지' 하는 마음이 유학을 부추겼다. 영국으로 건너가서도 억울함과 분함에 가득 차 있던 터라 '반드시 전 과목 수석으로 졸업하리라' 는 굳은 결의가 자연스럽게 솟구쳤다. 나는 의기충천해서 영국 유학길에 올랐다.

미국의 대학원에서 유학한 사람이 어느 잡지에 남긴 '쉬는 날이라고는 크리스마스 정도밖에 없었다' 는 글을 읽고 '좋아. 나는 크리스마스에도 쉬지 않고 공부하겠어!' 하고 결심을 할 정도였다. 그리고 마음먹은 대로 실천에 옮겼다. 숙제는 물론이거니와 예습 복습도 절대 게을리 하지 않았다. 수업 출석률 100%. 눈이 너무 많이 내려 버스가 다니지 않는 날에도 눈길을 한 시간 이상씩 걸어 학교에 갔다. 2년 동안 200권에 가까운 영문 자기계발서를 읽었다. 어떤 교수는 '그렇게까지 공부하지 않아도 되는데……' 하는 측은한 눈으로 나를 보기도 했다.

그렇게까지 공부할 수 있었던 데는 번역팀원 시절 겪었던 서러움이 원동력이 되었다. 그것이 용수철이 되어 나를 튀어오르게 만들었다. 그리고 그 '결과'는 30여 권의 번역서로 결실을 맺었다. 아무리 노력해도 결과가 눈에 보이지 않아 암울한 시기가 누구에게나 엄습한다. 그러나 거기에서 좌절해서는 안 된다. 답답하고 억울하고 분한 마음을 용수철로 삼아야 하다. 그런 분노가 바로 당신 인생의 원동력이 된다.

 생각의 법칙 06

억울함과 분노를 용수철로 삼아 노력한다면 슬럼프를 극복할 날이 반드시 온다.

누구에게 무슨 말을 듣던 꺾이지 말자.
콤플렉스는 놀라운 힘을 발휘한다.

07

스스로 인정하고 싶지 않은 부분을 지적당해 머리가 돌 만큼 화가 난다. 너무 화가 나서 이도 저도 못하고 씩씩대고만 있다.

이럴 때 감정을 억제할 필요는 없다. 화가 나면 화를 내자. 직성이 풀릴 만큼 화를 내자.

단, 그 화를 상대방에게 분출시켜서는 안 된다. 물론 상대방이 악의를 갖고 그랬다면 얘기는 달라지지만. 그러나 상대방에게 악의가 없다면 모든 것은 자기 문제임을 인식하자. 상대방은 자기가 느낀 그대로 말했을 뿐, 아무 책임도 없다.

예를 들어 이제 막 교제를 시작한 여성으로부터 "미안한데 당신에게서 별로 매력을 못 느끼겠어요. 학벌도 딸리고. 나는 머리 좋고 학벌 좋은 사람이 좋아요. 그러니 이제 그만 만나요."라는 말을 들었다.

이럴 경우, 학벌에 열등감을 가지고 있는 사람일수록 더 화가 날 것이다. 학벌에 열등감이 없으면 기분은 나쁠지언정 머리끝까지 화가 나지는 않을 것이다. 다시 말하면 스스로 인정하고 싶지 않은 부분을 지적당했기 때문에 더 화가 나는 것이다.

섬세하고 배려심이 있는 여성이라면 상대방의 감정을 자극하지 않는 우회적인 표현으로 이별을 고하겠지만 불행하게도 이 여성은 배려와는 거리가 먼 여성이다.

이럴 때는 성이 풀릴 때까지 화를 내도 좋다. 단, 상대방이 아니라 '학력에 콤플렉스를 가지고 있는 자기 자신'에게 화를 내야 한다.

상대방은 그저 자기가 느끼고 생각한 바를 말한 것뿐이 아닌가. 그 말에 화가 난다면 학력에 콤플렉스가 있다는 증거다. 그것을 인정하자. 한심한 나를 향해 분노를 터뜨리자.

그리고 그 분노를 자신을 연마하는 데 필요한 에너지원으로 승화시키자.

'좋아! 지금부터 죽어라 공부해서 일류 대학원에 가주지!'

혹은 '학벌만이 인생의 전부는 아냐. 나는 문학 분야에서 내 재능을 꽃피우겠어!' 하고 말이다.

누가 내 콤플렉스를 건드렸다면 화를 내자. '이런 일 정도로 내가 끝날 줄 알고!' 하고 마음속으로 소리를 지르자. 그 분노를 에너지원으로 승화시켜 나를 연마하는 데 사용하자.

그렇게 하나하나 꿈을 실현시켜나가다 보면 나를 바보 취급했던 상대방이 얼마나 보잘 것 없는 인간인지 깨닫게 되는 날이 온다. 아무렇지도 않게 남에게 상처를 주는 인간에게 돈과 시간을 써가며 정성을 쏟아 부었던 것이 후회막급하리라.

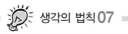
생각의 법칙 07
콤플렉스는 놀라운 힘을 발휘한다.

08

그 자리에서 대답하지 못하더라도 언제
알려줄 수 있을지는 바로 알려주자.
늦으면 늦을수록 대답하기 힘들어진다.

'팬딩 법칙'이란 '상대방에게 대답을 팬딩하는 시간이 길어지면 길어질수록 대답하기 어려워진다'는 법칙이다.

즉시 대답하기가 곤란한 경우 대부분의 사람들은 대답을 회피한다.

'이건 좀 생각해봐야 할 문제인데. 일단 피하고 보자'

'이를 어쩌지. 이 일은 상사한테 물어봐야 하는데. 일단 미뤄야겠다'

이런 생각에 일단 그 자리를 피한다.

그러나 이럴 때 명심해야 할 일이 있다. 일단 미루고 보자는 순간적인 판단이 그 후에도 어영부영 대답을 늦추는 원인이 된다는 사실을.

누구나 귀찮은 일은 피하고 싶은 게 인지상정이다. 상대방의 재촉이 없으면 마냥 미루어놓는다.

대답을 기다리는 쪽은 상대방의 회신을 기다리면서 이런저런 상상을 하게 된다.

'제대로 검토나 하고 있는 건가. 기다리는 데 왜 답신을 안 주는 거지. 뭐가 언짢았나? 혹시 그냥 방치해두고 있는 건 아닐까?' 등등.

그렇지만 재촉하자니 영 마음이 무겁다.

물론 성실히 대응하는 것만큼 좋은 건 없지만 그 자리에서 대답하기 곤란한 경우라도 '최소한 언제까지 알려주겠다'고 약속하자.

그러면 상대방도 안심하게 된다.

팬딩하는 시간이 길어지면 길어질수록 점점 더 대답하기 어려워진다는 사실을 명심하자.

만약 그 자리에서 대답하기 곤란한 질문을 받았다면 언제까지는 회신하겠노라고 알려주자. 작은 배려가 상대방을 감동시키는 법이다.

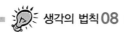 생각의 법칙 08

그 자리에서 대답하기 힘든 경우에도 언제까지 회신하겠다고 알려주는 배려가 인간관계를 돈독하게 해준다.

아무리 작은 일이라도 좋다. 꿈을 실현하는
데 도움이 되는 일을 지속적으로 실천하자.
그럴수록 꿈은 점점 구체화된다.

내가 좋아하는 영어 표현 중에 'shape up' 이라는 말이 있
다. '점점 구체화되다, 호전되다' 는 뜻이다. 그래서 '만사가
순조롭다' 는 말은 'Things are shaping up' 으로 표현이 가
능하다.

영국 유학 시절 친구가 논문이 어떻게 되어 가냐고 물으면
'It's shaping up nicely, thank you' (고마워. 다 되어가)라고
대답하곤 했다.

그러나 실제로는 2만 단어 이상 되는 석사 논문을 하루아

침에 쓰기란 불가능한 일이다. 자료를 모으고 참고문헌을 비교하고 교수의 지도를 받고 집필하고 수정하고 등등, 해야 할 일이 산더미다. 거의 일 년 이상을 공들여야 하는 작업이지만 조금씩 조금씩 모양을 갖추어 가는 것이 그야말로 shape up 이라는 생각이 들었다.

shape up 하는 과정은 비단 논문에만 해당되는 일은 아니다. 어떤 꿈이든 단번에 이루어지는 것은 없다. 논문을 쓸 때처럼 조금씩 완성해나가는 것이다.

논문을 쓸 때 아무리 적은 분량이라도 매일 조금씩 작업해나가겠다고 다짐했었다. shape up의 흐름이 막히지 않도록 신경 썼다.

'이 부분은 참고문헌을 확실히 읽은 다음에 하자'

'이 부분은 교수의 의견을 듣고 나서 쓰자'

이런 핑계를 대면서 shape up을 게을리 하면 정체되고 만다. 한 번 정체되면 재개하기가 무척 힘들다.

그래서 모르는 부분은 제쳐두고 지금 할 수 있는 것들을 하나씩 하나씩 해나갔다. 목차를 쓰고, 참고문헌을 주문하고, 종이와 파일을 준비하고……. 아무리 작은 일이라도 shape up을 해나가다 보면 신기하게도 조금씩 모양이 갖추어진다.

예를 들어 상금이 걸린 논문에 응모하려고 마음먹었다고 가정해보자. 당연히 논문 집필이 가장 중요한 과정이다. 그러나 봉투나 파일 등을 준비한다든가 컴퓨터의 용지 설정을 하는 등 '시시하지만 꼭 해야 하는 일'도 있다. 만약 논문을 쓰다가 막힐 때가 있거든 이런 시시하고 단순한 일이라도 멈추지 말고 지속해야 한다. 그러면 shape up한다는 의식이 있어 정체되지 않고 논문 쓰기를 지속할 수 있다. '가능한 일부터 하라' 이것을 모티브로 꿈을 실현하는 데 필요한 일을 하나씩 하나씩 해나가자.

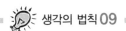
생각의 법칙 09
아무리 작은 일이라도 멈추지 않고 조금씩 하다보면 어느새 모양이 갖추어진다.

10

이상적인 환경을 추구하자.
이상적인 환경은 꿈의 실현에
가속도를 붙여준다.

꿈을 실현하는 데 장해물이 없다면 의욕이 꺾이는 일도 없
을 것이다.

이를 어떻게 지속시키느냐가 문제다.

처음에는 누구나 열심히 한다. 그런데 특별한 장애물이 있
는 것도 아닌데 처음에 가졌던 의욕은 간데없고 점점 시들해
진다. 이른바 '작심삼일병' 이다.

작심삼일을 막기 위한 방법에는 여러 가지가 있다.

그 중 하나가 바로 환경의 힘 빌리기다.

예를 들어 소설가를 꿈꾸며 집에서 소설을 쓰기 시작했다고 치자. 처음 며칠은 술술 잘 써내려갔지만 조금씩 상황이 나빠진다. 아이는 방해하지, 전화는 걸려오지, TV에서는 월드컵하지…… 점점 글쓰기가 벅차진다.

이런 상태에서 집이라는 환경은 소설을 쓰기에 적당하지 않은 환경이므로 이럴 때는 과감히 집을 벗어나 소설을 쓰기에 적당한 환경을 찾는 것이 급선무다.

찻집은 어떨까? 요즘에는 찻집에서 노트북을 들고 업무를 보는 사람을 심심찮게 볼 수 있다. 찻집에서 글을 쓰면 가족들에게 방해받을 염려도 없고 집전화가 울릴 일도 없다. 글쓰기에 집중할 수 있는 최적의 환경이라고 할 수 있다. 찻값은 조금 비싸지만 고급 찻집에 가면 클래식 음악을 틀어주는 곳도 많으니 그야말로 분위기도 최고다. 비싼 찻값을 치른 만큼 아무 것도 하지 않으면 시간도, 찻값도 아깝다는 마음이 글쓰기를 부추기기도 한다.

혹은 도서관에 파묻혀 글을 쓰는 것도 좋다. 집중해서 열심히 공부하고 책 읽는 사람들을 보면 자극이 되어 무엇인가를 해야 한다는 의지가 솟아난다.

환경이 우리에게 주는 자극은 실로 막대해서 예를 들자면 한도 끝도 없다.

조깅으로 몸짱이 되겠다고 마음먹었다고 하자. 오늘은 비가 와서, 오늘은 너무 늦어서, 오늘은 추워서…… 이런 변명을 대다보면 결국 일주일에 하루도 제대로 못하고 만다. 그런 사람은 헬스클럽에 가는 편이 낫다. 헬스클럽에서는 날씨에 관계없이 하루 종일 운동을 할 수 있다. 게다가 낸 회비를 생각하면 가기 싫어 꾀가 나도 자리를 박차고 일어나게 된다. 이것도 환경이 힘을 발휘하는 좋은 예다.

'작심삼일'로 끝나는 사람은 과감히 환경의 힘을 빌리자. 혼자 집에 틀어박혀서는 잘 안 되던 일이 환경을 바꿈으로써 자연스럽게 되는 경우도 많다. 게으름의 신에게 늘 지고 만다면 주변 환경을 한 번 진지하게 생각해 볼 일이다. 환경의 힘을 빌려 게으름 신을 물리치자.

 생각의 법칙 10

환경의 힘을 빌리면 의욕을 지속시킬 수 있다.

11

밝은 세상을 만들기 위해 나는 무엇을 할 수
있을까. 그것을 항상 자문하면서 살아가자.
해야 할 일이 너무나 많이 떠올라
외로움을 느낄 틈이 없다.

:
:
:
:
:

'아무도 나를 이해해주지 않아'

이런 생각이 들 때 강한 고독감이 우리를 엄습한다.

믿었던 사람에게 배신을 당했을 때, 일심동체라고 믿었던
연인에게 버림을 받았을 때도 고독을 느낀다. 이어져 있던 끈
이 잘라져나간 느낌이 들기 때문이다.

이럴 때 우리는 어떻게 해서라도 고독을 떨쳐버리려고 몸
부림친다. 음악을 듣는 사람, 책을 읽는 사람, 알코올에 의지
하는 사람, 일부러 사람들이 많이 모이는 곳에 가는 사람 등

등, 고독을 떨쳐버리기 위한 방법도 사람마다 다르다.

그러나 이런 방법으로는 일시적으로는 위안을 받을지 모르나 근본적인 해결책은 아니다. 나를 이해해주는 또 다른 사람이 나타나기 전까지 '외톨이'라는 느낌을 떨쳐버리기는 쉽지 않다. 설령 그런 사람이 나타난다 하더라도 고독이 영원히 치유되는 것은 아니다. 언제 또 고독이 엄습해올지 모를 일이다.

그렇다면 고독을 완전히 치유할 수 있는 방법은 없을까? 물론 절대적인 방법이 있다. 인간이 아닌 신(바꿔 말하면 대자연의 법칙 또는 섭리)에게 연대감을 추구하는 것이다. 쉽게 말하면 나를 '신의 도구'라고 인식하고 지금 내가 할 수 있는 범위에서 세상을 밝게 만드는 데 도움이 되는 일은 무엇인지 자문하고 그것을 실천하는 것이다.

그것을 실천하면 할수록 신과의 연대감이 강해져 고독은 사라진다. '신에게 보호받고 있다'는 의식이 강해지면 질수록 '신의 도구'로서 더욱 더 쓰임 받는 인간이 되겠다는 욕망이 강해진다.

이 세상의 모든 사물은 신으로부터 생명을 부여받은 존재다. 자기 혼자서 이 세상을 살아가고 있는 것처럼 보여도 그것은 착각에 불과하다. 우리는 신의 계획하신 바에 따라 신의 도구로 쓰임 받기 위해 이 세상에 태어났다.

그렇다고 신의 생각대로만 움직이는 기계가 아닌, 엄연히 자의식을 가진 존재다. 우리는 우리가 부여받은 자유의지를 행사하면서 자기가 가진 능력을 최대한 연마하고, 그 능력을 이 세상을 위해 써야 한다.

이것을 이해하게 되면 '지금 이 세상을 위해 내가 할 수 있는 일은 무엇인가'를 찾기만도 바빠 고독을 느낄 틈이 없어진다.

🔅 **생각의 법칙 11**

이 세상을 위해 할 수 있는 일이 무엇인지 생각하다보면 고독은 사라진다.

IDEA

Part **3**

생각은 돌파력

벽을 깨부수자

DREAM

창조력을 폭발시키고 싶다면 '어떤 아이디어라도 받아들이는' 토양을 만들자.

12

조직은 크게 정치적 그룹과 친밀 그룹으로 나뉜다. 정치적 그룹은 직접적으로 혹은 간접적으로 나의 일과 관련된 사람들 전체를 말한다.

반면 친밀 그룹은 동료, 동업자, 고객 들 중에서 특히 마음이 맞는 사람들을 말한다. 라이벌 관계라도 상관없다. 서로가 서로의 가치를 인정하고 존중한다면 친밀 그룹으로 분류할 수 있다.

조직 내에서 개개인이 가진 창조성을 이끌어내기 위한 회의가 열릴 때가 있다. 이때 일부 권력을 가진 자들이 회의를 지배하고 그들만의 잔치로 끝나는 경우도 종종 있다. 정치적 그룹의 회의에서는 진정한 창조성을 이끌어내기 힘들 때가 많다.

왜 그럴까? 정치적 그룹에서는 서로에 대한 신뢰성이 낮기 때문이다. '이런 제안을 해봤자 반대에 부딪힐 게 뻔해' 이런 생각이 들면 아무리 좋은 아이디어라도 마음속에서 사장되고 만다.

반대로 말하면 좋은 아이디어를 많이 이끌어내기 위해서는 '어떤 아이디어를 내도 바보 취급당할 일은 없다'는 안도감을 심어 주어야 한다. 이런 안도감이 바로 좋은 아이디어를 이끌어낼 수 있는 토양이 된다.

여기서 중요한 것은 정치적 그룹이 아니라 친밀 그룹이라고 느낄 때 브레인스토밍을 통한 아이디어 창출이 훨씬 극대화된다는 사실이다. 그러므로 직장에서 적어도 2, 3명 이상과는 신뢰관계를 유지해야 한다.

신뢰관계를 구축하는 데는 시간이 필요하다. 긴 시간 공을 들여 신뢰관계를 구축해놓으면 난관에 부딪혔을 때 스스럼없이 의견을 구할 수 있다. 당신이 미처 생각하지 못했던 아이디어가 상대방을 통해 나오는 경우가 종종 있지 않은가?

 생각의 법칙 12

'어떤 아이디어라도 바보 취급당할 일은 없다'는 안도감이 창조력에 불을 당긴다.

13

음악도 좋고 그림도 좋고 글도 좋다.
당신을 100% 표현하기 위해 노력해보자.
인생이 몇 배는 즐거워진다.

．
．
．
．
．
．

　기쁨이란 고통을 뛰어넘었을 때 비로소 찾아오는 감정이
다. 다시 말하면 고통을 뛰어넘은 데 대한 일종의 '보수'인
셈이다. 당연히 고통이 크면 클수록 그 '보수'도 커진다.

　그러나 이런 기쁨을 외면하는 사람들이 있다. 그런 사람들
은 고통이 필요 없는 일로만 따분한 시간들을 때우려고 한다.
만화를 보고 TV를 보고 남의 험담으로 이야기꽃을 피우고 쇼
핑을 하고 맛있는 것을 먹고. 고통 없이, 노력 없이 자신의 오
감을 즐겁게 해주는 일만 찾아 헤매기 때문에 인생의 진정한

기쁨을 모른다. 그렇다. 보다 알차고 즐거운 삶을 누리고 싶
다면 스스로 극복해야 할 고통을 찾는 노력이 필요하다.

방법은 간단하다. 수동적인 자세가 아니라 적극적으로 자
신을 표현하기 위해 노력하는 것이다. 혼신을 다해 만들어낸
작품일수록 완성했을 때의 기쁨도 크다. 큰 기쁨을 누리기 위
해서는 그만큼 많은 노력이 필요하다.

사는 게 시시하다고 하는 사람, 심심하다고 하는 사람은
'인생을 즐겁게 만드는' 일에 태만한 사람이다. 손 놓고 기다
리기만 하면 인생은 그냥 흘러갈 뿐이다. 적극적으로 자신을
표현할 수 있는 것을 찾아야 한다.

 생각의 법칙 13

자신을 표현하는 데서 오는 기쁨을 알면 당신의 인생
에서 심심하다는 단어는 사라진다.

14

중요한 것은 첫걸음 내딛기
성큼 한 걸음을 내딛는 순간,
인생이 확 달라진다.

인생을 즐겁게 살기 위해서는 적극적으로 자신을 표현하는 습관을 가져야 한다고 앞에서 제안했다. 이때 주의해야 할 것은 자기비판이다.

자기비판을 하면 할수록 노력해야 할 가치를 상실하게 되어 인생을 즐기기가 힘들어진다.

많은 사람들은 자기비판의 덫에 걸려 무엇을 시작도 하기 전에 전의를 잃고 만다.

"일러스트에 관심이 많지만 공부한다한들 일러스트레이터

가 될 것도 아니고 그걸로 먹고 살 것도 아닌데 뭐 하러 해.”

“에세이 쓰는 사람이 어디 한두 사람이겠어. 신문에 투고해 봤자 뽑힐 리가 만무하다고.” 등등.

답답하기 그지없는 노릇이다.

인생을 재미없고 한심스럽게 만드는 것은 다름 아닌 그들 자신이다.

첫발을 내딛는 순간 의외로 즐거운 일이 당신을 기다리고 있을지 모른다.

해보고 안 되면 그때 접어도 될 일이 아닌가.

‘내가 해봤자 뭐’ 하는 생각을 접고 첫발을 내딛어보자. 작은 일이라도 괜찮다.

해보고 싶은 일이 있다면 해보자.

‘공모 가이드’를 보면 소설이나 논문에 국한되지 않고 일러스트나 표어, 시조, 사진, 그림 등 다양한 장르에 대한 공모 정보가 게재되어 있다.

고민만 하고 있을 뿐 아직 첫발을 내밀지 못했다면 먼저 동인지를 구해 도전할 수 있는 분야를 찾아보는 것도 방법이다.

나 또한 수많은 잡지사와 신문사에 투고를 거듭한 결과 지금의 전문 작가라는 자리를 손에 거머쥘 수 있었다.

 생각의 법칙14

자기비판을 멈추면 창조력이 움튼다.

15

도전해보지도 않고 꿈을 접지 마라.
조금만 노력하면 의외로 쉽게 일이 풀릴 수
도 있다. 기회를 놓치지 마라!

모든 것은 마음먹기에 달렸다고 나는 생각한다. 그러나 그 '마음먹기'는 단순한 '편견이나 선입견'과는 다르다.

'자기 자신에 대한 편견이나 선입견'은 종종 바람직하지 않은 결과를 초래한다. 특히 능력이 있음에도 불구하고 '난 안 돼', '나한테는 무리야' 하고 스스로 한계를 정하는 게 문제다.

내 동급생의 사례를 들어보자. 그는 고등학생 때부터 작가 지망생이었다. 또 성적도 뛰어나서 와세다 대학에 입학한 후

훌륭한 작가가 되리라고 모두의 기대를 한 몸에 받았다. 그러나 그 후 30대를 보내고 40대 후반에 접어든 그는 아직도 '언젠가는 작가가 되겠다'고 말하면서 조금씩 원고를 쓰고 있다고 한다.

그 이야기를 듣고 나는 답답한 마음에 그의 지인에게 이렇게 말했다.

"지금까지 써놓은 원고를 출판사에 가지고 가보라고 전해주세요. 마냥 그러고만 있으면 누가 작가를 시켜준다나요."

그러자 이런 대답이 돌아왔다.

"머리는 좋은 양반인데 그렇게 적극적으로 자기를 어필하는 타입이 아니야. 그런데는 영 젬병인 것 같더라고."

꿈을 실현하지 못하는 사람 중에는 이와 비슷한 사람이 많다. 그에게 부족한 것은 단 하나 '밑져야 본전 정신'이다.

그들은 '내 글을 누가 알아주겠어' 하는 생각만 많을 뿐 아무 행동도 하지 않는다. 그러나 그들이 생각하는 것은 단순한 '편견이나 선입견'일 공산이 크다. 큰 맘 먹고 첫발을 내딛는 순간 어쩌면 길이 열릴지 모른다.

시작도 하기 전에 '도전해봐야 잘 될 리가 없다'고 겁먹고

낙담하지 말자. 생각은 나중에 하고 행동부터 하자. 왜 행동

하지 않는가? 작은 행동들이 모여야 당신의 한계가 무너진다.

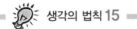 생각의 법칙 15

당신이 포기하지 않는 한 문은 늘 열려 있다.

16

스스로에게 한 약속에 최선을 다하자.
하나하나 지켜가는 동안 자기 자신에 대한
신뢰도가 높아진다.

공동으로 어떤 일을 하다보면 상대방과 기한약속을 할 일
이 생긴다.

"□일까지 이 작업을 마무리하겠습니다."

"△일까지 빌려간 책을 돌려드리겠습니다."

"×일까지 참고자료를 보내겠습니다." 등등.

이런 약속을 반드시 지키는 사람이 있는 반면 등한시하는
사람도 있다. 후자의 경우 대개는 이런 저런 변명을 늘어놓
는다.

주위를 잘 둘러보라. 약속을 지키는 사람은 매번 약속을 잘 지키는 반면 그렇지 않은 사람은 매번 어기기 일쑤다.

왜 그럴까? 대답은 간단하다. 기한을 지키지 않는 사람은 '실행력'이 없는 사람이기 때문이다. 그들은 해야 할 일이 있어도 시간만 흘려보낼 뿐 실행으로 옮기지 않는다.

'실행력'이란 문자 그대로 실행하는 힘이다. 즉, 약속을 제대로 지키는 사람은 실행력이 있는 사람이고 반대로 지키지 않는 사람은 실행력이 없는 사람이다.

실행력이 없는 사람은 약속을 지키지 못한 이유를 찾기에만 급급하다. 매번 이런 저런 핑계를 댄다. 핑계를 계속 대는 한 개선의 여지는 없다고 보아도 좋다. 왜냐하면 시간을 지키지 못한 원인을 자기가 아닌 다른 데서 찾는 데 선수이기 때문이다. 이런 습관은 쉽게 고쳐지지 않는다.

그렇다면 실행력이 없는 사람이 실행력을 키우기 위해서는 어떻게 해야 할까? 가장 효과적인 방법은 스스로에게 과제를 주고 그것을 착실하게 지키는 습관을 길러나가는 것이다. 처음에는 간단한 것부터 시작해서 점점 달성하기 어려운 과제로 과제의 난이도를 높인다. 그러는 동안 실행력이 키워진다.

가령 '매일 최소 10페이지의 책을 읽는다'든가 '매주 적어도 3번은 헬스클럽에 간다' 등등 간단한 일부터 시작하자. 그리고 그것을 지키자. '자신과의 약속'을 지킴으로써 자기 자신에 대한 신뢰가 회복된다.

'자기 자신과의 약속'을 철저히 지킬 수 있게 되면 '다른 사람과의 약속'도 지키게 된다. 왜냐하면 '자기 자신과의 약속'을 지키기가 '타인과의 약속'을 지키기보다 훨씬 어렵기 때문이다.

 생각의 법칙 16

내가 나에게 내준 과제를 완수하면 자기 자신에 대한 신뢰도가 높아진다.

잘못을 저질렀을 때는 가감 없이 인정하자.
그런 용기야말로
새로운 인생의 엔진이 된다.

누구나 실수할 때가 있다. 만약 지금까지 살아오면서 한 번도 잘못을 저지른 적이 없다고 말하는 사람이 있다면 희대의 성인군자거나 자기반성 능력이 결여된 오만한 인간, 둘 중 하나이리라.

여기서 말하는 '잘못'은 위법 행위만을 의미하지는 않는다. 자신의 욕망을 채우기 위해 남에게 상처를 준 일, 남을 배려하지 않는 경솔한 행동, 몰라서 실수한 일 등 모든 우를 포함한다.

여기에는 반드시 대가가 따라오기 마련이다. 씨앗을 뿌리면 열매가 열리는 것과 같다. 잘못을 범했다면 그에 대한 책임도 본인이 질 수밖에 없다. 반성하고 후회한다 한들 죄가 면죄되는 것은 아니다.

여기까지 생각이 미치면 잘못을 저지른 후에 어떻게 행동해야 할지 감이 잡히리라. 잘못을 솔직하게 인정하고 책임지겠다는 각오가 필요하다. 말하기는 쉽지만 이를 실천하기란 매우 어렵다.

나는 법원의 힘을 빌려 상대방의 잘못을 단죄한 경험이 있다. 상대방은 자기를 변호하기에만 급급했을 뿐 절대로 잘못을 인정하려 들지 않았기 때문이다. 잘못을 인정하고 화해를 요구해오면 쉽게 끝났을 문제였는데 상대방은 끝까지 '자기 잘못은 없다'는 주장을 굽히지 않았다. 그럴수록 그 사람의 실체가 낱낱이 드러나면서 점점 막다른 골목에 몰리고 결국 치명적인 결과를 낳고 말았다. 자기 잘못을 인정하지 않으면 점점 궁지에 몰릴 게 뻔한데도 사태를 점점 악화시키고만 있었다. 물론 자기 잘못을 쉽게 인정하기는 쉽지 않은 일이다. 매우 용기가 필요한 일이다. 왜냐하면 그것이 자기를 부정하는 일이 되기 때문이다. 그러나 인간은 누구나 실수할 수 있는 존재라는 사실을 기억하자. 잘못을 저질렀을 때 그것을 인정하고 책임을 지겠다는 각오가 되어 있느냐 아니냐가 그 사람의 인격을 좌우한다. 그런 각오가 되어 있는 사람은 인생을 새로 출발할 수 있는 사람이다. 보다 수준 높은 인간이 될 수 있는 사람이다. 그러나 자기변호에만 급급한 사람은 시간이 아무리 흘러도 그 자리에서만 맴도는 사람이다. 이런 사람에게 발전은 기대할 수 없다.

잘못을 했다면 솔직하게 그것을 인정하자. 그 순간은 괴롭고 비참할지 모르지만 그런 사람만이 발전할 수 있다. 새로운 인생을 살 수 있다.

 생각의 법칙 17

잘못을 인정하고 고치겠다는 마음이 바로 새로운 인생의 출발점이다.

18

의욕을 꺾는 것들을 하나씩 없애나가자.
그 결단력이 **꿈의 실현**을 가속시킨다.

· · · · · ·

　꿈을 실현하고자 할 때는 그 원동력이 되는 것을 활용해야 한다. 방법은 여러 가지다. 가령 꿈을 구체적으로 적어보기, 항상 긍정적으로 말하고 행동하기, 꿈을 생생하게 이미지하기…….

　그러나 원동력과 정반대가 되는 방해력을 잊어서는 안 된다. 꿈을 실현할 수 있는 가능성은 '원동력−방해력=순수한 원동력'으로 좌우되기 때문이다. 아무리 원동력이 강해도 방해력이 강하면 '순수한 원동력'은 그만큼 줄어들어 꿈의 실현과 멀어진다.

여기서 말하는 방해력은 간단히 말하면 꿈의 실현을 위해 나아가고자 하는 '의욕'을 꺾는 모든 언행과 사고를 말한다.

예를 들어 TV에 정신이 팔려 해야 할 공부를 못하고 있다면 TV가 방해력이 된다. 저녁식사를 하면서 가볍게 반주를 한다는 것이 그만 반주로 끝나지 않고 취할 때까지 마시고 말았다. 덕분에 읽으려고 작정했던 책을 읽지 못했다면 술이 방해력으로 작용한 것이다. 현상공모에 낼 원고를 쓸 작정으로 컴퓨터 앞에 앉았는데 갑자기 컴퓨터에 이상이 생겼다. 그런데 어떻게 고쳐야 하는지 몰라 난감해하는 동안 원고를 쓸 마음이 사라졌다면 '컴퓨터를 고치는 방법을 모르는' 것이 방해력으로 작용했다고 볼 수 있다. 모두 다 마음이 '마음'으로만 끝난 경우다.

꿈이 꿈으로만 끝나고 마는 사람은 원동력보다 방해력이 훨씬 크게 작용하는 사람이다. 이런 생활을 지속해봤자 꿈이 실현될 날은 오지 않는다. 안타까운 시간만 흘러갈 뿐이다.

반면 꿈을 실현하는 사람은 '원동력－방해력'(순수한 원동력)을 항상 높게 유지하는 사람이다. 이런 사람은 늘 방해가 되는 요소들을 적극적으로 배제하는 습관이 몸에 배어 있다.

파티 초대에 일체 응하지 않는 작가가 있다. 인터넷 서핑을 절대 하지 않겠다고 단언한 작가도 있다. 나는 TV를 보지 않는다. 이유는 말 안 해도 알리라 생각한다.

당신의 '의욕'을 저하시키는 요소에는 어떤 것들이 있는가? 그런 방해 요소들이 꿈을 실현시키기 위해 나아가는 당신을 방해하도록 그냥 두고만 보아서는 안 된다. 방치하면 할수록 하루하루 귀중한 시간만 낭비하게 된다. 그래도 상관없다면 그냥 시간이 흘러가는 대로 살아라. 그러나 그렇지 않다면 꿈의 실현을 방해하는 요소를 적극적으로 배제해나가자. 그러면 꿈의 실현에 가속도가 붙는다.

 생각의 법칙 18

순수한 원동력을 높게 유지시키는 사람은 꿈도 빨리 실현된다.

19

고난은 자신을 한 단계 업그레이드시킬 수 있는 절호의 찬스.
전력을 다해 부딪히자.

．
．
．
．
．
．
．

예상치 못했던 구조조정, 배우자의 불륜, 교통사고, 재해, 가족 친지와의 트러블……. 형태는 다를지언정 살면서 누구나 핀치에 몰릴 때가 있다.

고난의 한 가운데 있을 때는 고난의 고마움 따위는 생각할 겨를이 없다.

'왜 나한테만 이런 일이 생기는 걸까. 고통 없는 인생을 보낼 수만 있다면 얼마나 좋을까'

이런 생각이 절로 든다. 그러나 고통이 있기에 인생은 살

가치가 있다. 아무 고통도 고난도 없는 안락한 인생에서는 삶의 참맛을 느끼지 못한다. 왜냐하면 그런 인생은 우리에게 아무런 깨달음도 주지 못하기 때문이다.

알기 쉽게 설명해보자. 학생이 학교에 가는 것은 지식이나 스킬, 사교성을 배우기 위해서다. 이를 연마하기 위해 숙제도 해야 하고 시험도 치러야 한다. 친구와의 공동작업도 있으며 지켜야 할 규칙도 있다. 즐거운 일도 많지만 괴로운 일도 많은 곳이 학교다. 이런 과정을 거치면서 비로소 인생을 배운다.

만약에 '수업도 없고 숙제도 없고 시험도 없고 친구와의 공동작업도 없는' 학교가 있다면 그런 학교에 비싼 수업료를 내고 갈 필요가 있을까? 그런 학교에서는 아무 것도 배울 게 없다. 그렇기에 다닐 이유가 없다.

이와 마찬가지로 아무 어려움도 없는 인생을 살아봐야 아무것도 배울 게 없다. 그러므로 어떤 어려움이 닥치더라도 그것은 자기가 도전하고 이겨내야 할 인생의 과제라고 생각하고 한탄하지 말자.

과제가 아무리 힘들어도 도망쳐서는 안 된다. 신은 절대로 우리가 풀지 못할 과제를 부여하지 않는다.

학교에서는 중학생에게 고등학생 문제를 내지는 않는다. 왜냐하면 풀 수 있다고 생각하지 않기 때문이다. 인생의 과제도 이와 마찬가지다.

만약에 해결하기 어려운 문제에 당면했다면 오히려 기뻐해야 할 일이다. 중학생에게 고등학생 문제를 내준 것과 마찬가지이기 때문이다. 다시 말하면 그만큼 당신의 문제 해결 능력을 인정하고 있다는 말이 된다.

어려운 상황과 맞닥뜨렸다면 신이 당신에게 부여한 과제라고 생각하자. 그 문제를 잘 풀어낸다면 한 단계 올라갈 수 있다.

최선을 다해 해답을 찾아내어 한 단계 업그레이드 된 인간이 되자.

 생각의 법칙 19

난관을 극복할 때 비로소 인간적으로 성장하게 된다.

IDEA

Part 4

생각은 언어력

말이 발산하는 마법의 힘을 믿자

DREAM

상대방의 말은 나를 비추는 거울이다.
자신의 콤플렉스와
정정당당히 마주하자.

악의는 없지만 안 해도 될 말을 해서 남에게 상처를 주는 사람이 있다. 이런 사람을 만났을 때는 어떻게 대처해야 할까?

나도 꽤 뚱뚱했던 시절이 있었다. 어떤 사람들은 나를 볼 때마다 "어, 요즘 살찌셨네요." 하고 말하곤 했다. 나는 그 때마다 '이 사람은 어떻게 이런 말을 아무렇지도 않게 할까. 그렇게 말하지 않아도 내가 제일 잘 알고 있다고요!' 하고 말하고 싶은 걸 억지로 참았다. 분명 그 사람 나름대로는 관심의 표현이요, 악의는 없다는 사실을 안다.

또 하나. 내 친구가 결혼정보회사를 통해 선을 보았을 때 경험담이다. 수입이 그리 많지 않았던 그는 프로필에 '수백만 엔'이라고 썼다고 한다. 그렇게 애매하게 써놓고 싶을 만큼 그에게는 아킬레스건인 것이다. 그러나 맞선을 보러 나온 여성은 초면에 싸늘한 표정으로 "연봉이 낮으시네요." 하고 말했다. 그 말을 들은 내 친구는 너무 부끄럽고 화가 나서 뒤도 돌아보지 않고 나왔다고 한다. 아마도 그 여성은 배려심이 부족할 뿐 악의는 없었으리라. 처음 만난 남자에게 악의를 품을 리 없지 않은가?

상대방의 배려심 없는 발언에 마음이 상했다면 먼저 냉정해지자. 악의 없이 말한 상대방의 말에 왜 이렇게 화가 나는지 자신을 한 번 돌아보는 것이다.

화가 나는 것은 자기가 인정하고 싶지 않은 부분을 지적당했기 때문이다. 그뿐이다. 내가 화가 난 것은 '살이 쪘다'는 사실을 인정하고 싶지 않았기 때문이다. 내 친구가 화가 난 것은 '수입이 적다'는 사실을 인정하고 싶지 않았기 때문이다.

그러나 거기에서 한 발 더 나아가 생각해보자. 상대방 탓을 해봐야 다람쥐 쳇바퀴 돌 듯 늘 똑같은 수준에 머물고 만다.

인정하고 싶지 않은 부분을 인정할 때 비로소 또 다른 출발점이 생긴다.

'살이 쪘다'는 사실을 인정하고 싶지 않다고 그것을 아무리 부정해봐야 날씬해지지 않는다. 내가 살이 쪘다는 사실을 인정할 때 '좋아! 열심히 다이어트를 하는 거야!' 하는 새로운 출발점이 생긴다. 내 친구도 마찬가지다. 배려심 없는 여성에게 아무리 씩씩거려봐야 수입이 올라갈 리 없다. 거기서 한 발짝 나아가 더 열심히 일해서 수입을 올리거나 또 다른 행복을 찾아 노력해야 한다.

사심 없이 말한 상대방의 발언은 나를 비추는 거울이다. 살이 쪘으니까 살이 쪘다고 말한 것이다. 먼저 그런 나 자신을 인정하자. 거울을 향해 '왜 이렇게 살이 찐 거지' 하고 화를 내봐야 아무 소용이 없다.

 생각의 법칙20

콤플렉스를 정면으로 마주보라. 거기서 인생의 새로운 출발점이 생긴다.

21

아무리 작은 약속이라도 반드시 지키자.
약속을 하나하나 지켜갈 때
신뢰 받는 인간이 된다.

⋮

　작은 약속을 지키지 못해서 그것을 지적 받았을 때,

　"뭘 그런 걸 갖고 그러세요. 당신 같은 분이 이런 작은 일을 가지고 이렇게 화를 내실 줄은 몰랐네요." 하고 반론하는 사람이 있다. 약속을 지키지 않은 사람은 본인이면서 그걸 지적하는 상대방에게 오히려 총을 겨누는 꼴이다.

　그러나 작은 약속을 지키지 않는 사람은 큰 약속도 지키지 않는다. 큰 약속은 훨씬 지키기가 어렵기 때문이다.

　신뢰받는 인간이 되고 싶다면 먼저 작은 약속을 소홀히 하지 않아야 한다. 작은 약속을 지키지 않는 한 당신에게 큰일을 맡길 리 없다. 당신을 신뢰하지 않기 때문이다.

머피는 '층상의 원리'로 이를 설명하고 있다.

상대방에게 깊은 신뢰를 얻고 싶다면 이 '층상의 원리'를 이해하지 않으면 안 된다. '층상의 원리'란 신뢰는 1층, 2층, 3층…… 이런 식의 단계로 쌓여가는 것이며, 층이 두꺼우면 두꺼울수록 신뢰감도 그만큼 높아져 마음 놓고 큰일을 맡길 수 있다.

예를 들어 설명해보자. 어떤 사람에게 '참고자료를 언제까지 보내겠다'는 약속을 하고 그것을 지켰다. 그러면 이것으로 신뢰의 층이 1층 쌓였다.

이제 상대방은 이미 1층에 있는 당신에게 다음 층의 약속을 제안한다. '원고 2장을 이 금액으로 언제까지 써 달라'. 아직도 맨 바닥에 있는 사람에게는 의뢰하지 않는 일이 당신에게 들어온다. 그리고 당신이 그 일을 무난히 달성해주면 당신에 대한 신뢰도는 또 한 단계 올라간다.

그 다음에는 3층에 해당하는 약속을, 더 나아가서 한 권의 책을 써달라는 의뢰가 들어올지도 모른다.

1층에 있는 사람이 3층에 해당하는 일이 들어오기를 기대해봐야 무리다. 3층에 해당하는 약속을 받고 싶다면 2층에 해당하는 약속들을 잘 지켜서 신뢰를 쌓아야 한다. 상사가 나한테는 중요한 일을 주지 않는다고 불평할 게 아니라 자신의 신뢰의 층이 그만큼 낮다는 사실을 알아야 한다. 다른 누구도 아닌 자기 자신이 문제인 것이다.

신뢰는 단계별로 높아진다는 사실을 기억하자. 신뢰의 층이 낮은 사람에게 높은 층의 약속을 제안하는 바보는 없다. 그러므로 먼저 자신의 신뢰의 층을 높이는 것이 급선무다. 이를 위해서는 지키지 못할 약속은 애당초 하지를 말 것. 반대로 한 번 입으로 한 약속은 아무리 작은 일이라도 반드시 지킬 것. 이것을 반복하는 동안 점점 신뢰의 층이 높아지고 보다 차원 높은 약속을 하게 된다.

 생각의 법칙 21

아무리 작은 약속이라도 반드시 지키자.

이것을 반복하는 동안 저절로 신뢰의 층은 높아진다.

감명 깊게 읽은 글이 있다면 적어두자.
쓰는 작업을 통해 의식에 각인되면
당신의 피와 살이 된다.

22

차원 높은 인간으로 성장하기 위해서는 차원 높은 사상을 접해야 한다. 그저 숨 쉬고 살아가기만 해서는 늘 같은 수준에만 머무르게 된다.

그러기 위해서는 자주 자기 계발서를 읽고 그것을 내 사상에 접목시키려는 노력이 필요하다. 책 속에서 마음의 식량이 될 만한 아이디어를 발견했다면 그것을 얼른 내 것으로 만들어야 한다. 그러나 '이건 정말 좋은 아이디언데. 지금부터 실천하자'고 생각만 해서는 하루 이틀 시간이 흐르는 동안 공중에서 분해되고 만다. 실천하기도 전에 잊어버리고 말거나 작심삼일로 끝날 공산이 크다. 내 경험에 비추어보면 그저 읽고 흘려버리면 몇 시간도 지나지 않아 그 감명은 사라지고 만다. 그러므로 어떤 글에 깊은 감명을 받았다면 어떤 형태로든 그것이 나의 피와 살이 되도록 하는 방법을 찾아야 한다. 밑줄을 그어가며 읽는 것도 좋다. PC에 입력하는 것도 한 가지 방법이다. 그러나 가장 효과적인 방법은 노트에 옮겨 적는 것이다. 그저 읽고 흘려보내기보다 몇 배는 더 피와 살이 된다.

아오야마가쿠인 대학 시절 그리고 영국 쉐필드대학원 시절 공부에 매진할 당시 다양한 자기 계발서를 읽으면서 마음에 와 닿는 감명 깊은 구절을 발견하면 그것을 대학노트에 옮겨 적곤 했다. 그것이 어느새 15권을 넘어갔는데 이런 작업은 순전히 '차원 높은 인간이 되고 싶다'는 순수한 마음에서 비롯되었다.

이런 습관의 좋은 점은 노트에 옮겨 적음으로써 내용이 보다 선명하게 각인되어 일상생활에서 자연스럽게 실천하게 된다는 것이다.

이 책을 읽고 있는 당신. 당장 달려가 노트를 한 권 사기를

권한다. 그리고 그 노트에 당신이 감명 깊게 읽은 문장들을
차곡차곡 옮겨 적어보자. 어느새 당신의 사상이 훨씬 깊어져
있음을 실감하게 되리라.

생각의 법칙 22

감명 깊게 읽은 문장을 노트에 옮겨 적음으로써 당신
것으로 만들 수 있다.

23

항상 꿈을 입으로 말하라.
언젠가 **당신의 꿈의 실현**을
도와주는 사람이 나타난다.

⋮

　자기 달성 예언이라는 말이 있다. 한마디로 '말이 씨가 된다' 는 말이다. 옛말에 '거짓말도 100번 하면 진짜가 된다' 는 말이 있는데 이와도 일맥상통한다고 할 수 있다.

　이에 대해 좀더 자세히 설명해보자.

　먼저 'OO가 되고 싶다' 고 입으로 말함으로써 '나는 OO이 되려고 한다' 고 자인하는 기회를 만들게 된다. 입으로 말하면 할수록 이것이 잠재의식에 더욱 선명하게 각인되어 필요한 행동을 의식, 무의식중에서 찾게 된다. 예를 들면 이런 것이다. '작가가 되겠다'고 입으로 내뱉는 순간부터 의식하지 않아도 그 때까지 눈에 들어오지 않았던 에세이 콘테스트나 포스터가 눈에 들어오게 된다.

그리고 또 하나, 다른 사람이 기회를 가져다 줄 확률이 높아진다. 나는 영국 유학 시절 항상 '일본어 강사가 되겠다'는 말을 입에 달고 살았다. 물론 일본어교사 자격증도 가지고 있지 않았을 뿐더러 가르친 경험도 없었다. 다른 유학생들과 아무 차이가 없었던 것이다.

그러던 어느 날 어떤 사람이 뜻밖의 기회를 물어다 주었다.

"그러고 보니 미야자키씨 일본어를 가르쳐보고 싶다고 하지 않으셨나요? 안 그래도 자리가 하나 생겼는데 해보시겠어요?"

이렇게 해서 나는 모교 쉐필드 대학에서 일본어 비상근강사 자리를 얻게 되었다. 평범한 아르바이트가 시간당 3파운드를 받는 데 비해 무려 5배나 많은 시간당 15파운드. 요행도 이만하면 쓸 만하지 않은가?

귀국할 즈음에 같은 유학생 신분이었던 한 여성에게서 '실은 나도 일본어를 가르치고 싶었다'는 고백을 들었다. 그녀는 학력, 나이, 실력에 있어 별반 나와 큰 차이가 없었다. 그런데 나는 기회를 얻고 그녀는 얻지 못했다. 이유가 무엇이라고 생각하는가? 그녀와 나의 차이점은 딱 한 가지. 그녀는 생각만 했었고 나는 줄기차게 말로 생각을 표현했다.

바라고 원하는 일이 있다면 늘상 입에 달고 살자. 자주 말로 표현할수록 꿈을 재확인할 수 있음과 동시에 당신의 꿈을 실현시켜줄 사람이 나타날 확률도 높아진다.

 생각의 법칙 23

바라고 원하는 일은 항상 말로 표현하자. 그만큼 기회가 늘어난다.

기회 있을 때마다 '감사하다'는
말을 하자. 이 한마디가 신뢰를 깊게 한다.

외면은 멋지고 훌륭한데 내면은 그렇지 못한 사람이 있다. 주변 사람들에게는 훌륭한 남편인 체 하면서 집에만 들어가면 폭군으로 돌변하는 사람이 가장 전형적인 예이다. 그러나 안은 엉망진창이면서 밖에서 원만한 인간관계를 이루는 사람은 없다.

가족에 대해서는 '소홀히 해도 관계가 어긋나지 않는다'고 믿고 크게 신경을 쓰지 않는 경우가 많다. 당연하게 생각한 나머지 '감사하다'는 말을 잊고 살 때가 많다.

그러나 우리와 가장 많은 시간을 함께 하는 사람은 가족이다. 그러므로 다른 어떤 사람들보다 가족과의 관계를 소중하게 생각해야 한다.

오늘 이 시간 우리 자신을 한 번 돌아보자.

'고맙다'고 말해야 할 때 '고맙다'는 말을 하고 있는가? 가족들이 당신을 위해 무엇을 해주었을 때 그것을 당연하게만 받아들이고 감사의 말을 잊고 살지는 않은가?

그것은 절대 당연한 일이 아니다. '고맙고 감사해야 할' 일이다. 마음속에서 감사의 마음이 우러날 때 그것을 말로 표현하는 사람만이 안에서든 밖에서든 원만한 인간관계를 구축할 수 있다.

오늘부터 '감사하다'는 말을 입에 달고 살자. 이런 작은 습관이 신뢰의 싹이 된다.

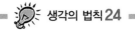 생각의 법칙 24
'고맙다'는 말 한마디가 신뢰 관계를 깊게 한다.

상대방을 이해하고 싶다면 상대방의 말에
귀 기울이자. 그리고 더 나아가 상대방의 말에
감정을 이입하여 마음을 기울이자.

‘듣는다’는 행위를 ‘수동적 행위’라고 생각하기 쉬우나 그
렇지 않다. 상대방을 이해하기 위해 귀 기울이는 작업은 결코
‘수동적 행위’가 아니다. 주체적인 노력이 필요한 ‘능동적 행
위’다.

대부분의 사람은 상대방의 이야기를 들을 때 상대방을 이
해하려고 하기보다 자기가 무슨 말을 해야 할지 어떻게 대답
해야 할지를 생각하면서 들을 뿐 감정이입을 하지 않는다. 상
대방의 말을 전부 자신의 가치관이라는 필터로 걸러 듣고 싶

은 부분만 듣는 것이다. 그리고 나머지는 그냥 흘려버리고 만다. 말은 듣고 있지만 상대방의 마음을 이해하려는 노력은 하지 않는다.

스티븐 코비 박사의 말에 따르면 '듣기'에는 다음의 5가지 레벨이 있다고 한다.

(1) 무시하면서 듣지 않는다.

(2) 듣는 척 한다. 맞장구만 칠 뿐 흘려듣는다.

(3) 선택적으로 듣는다. 자기가 원하는 말만 듣는다.

(4) 주의 깊게 듣는다.

(5) 감정이입을 하면서 듣는다.

이 5가지 레벨 중에서 (1)에서 (4)까지로는 상대방을 온전히 이해하기 힘들다. 상대방의 말을 진심으로 이해하기 위해서는 마지막 (5)번의 '듣기'가 필요하다.

상대방을 도저히 이해할 수 없다고 고민하고 불평하는 당신. 먼저 당신 자신이 상대방을 이해하려고 하고 있는지, 상대방의 말에 감정을 이입하여 듣고 있는지 자문해 볼 일이다.

(4)이하의 레벨로 들어봤자 상대방이 이해될 리 없다.

상대방을 이해하고 싶다면 당신이 먼저 상대방의 말에 감정을 이입하면서 들어보자. 입을 통해 나오는 말뿐만 아니라 말 속에 숨어 있는 마음을 읽는 것이다. 그러면 상대방을 좀 더 깊게 이해하게 될 뿐 아니라 상대방의 거리도 훨씬 가까워짐을 느끼게 되리라.

 생각의 법칙 25

말 속에 숨어 있는 마음에 주의를 기울이면 상대방을 훨씬 잘 이해하게 된다.

IDEA

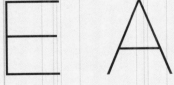

Part 5

생각은 금전력

돈이 좋아하는 체질을 만들자

DREAM

'다른 사람에게 도움을 주고 싶다'는
순수한 마음이 금전적 보수를 가져다준다.

일이란 다른 사람에게 도움을 주기 위해 존재하는 행위다.
혼자 독불장군으로 할 수 있는 일은 이 세상에 아무 것도 없
다. 우리는 어떤 형태로든 늘 타인과 관계를 맺으면서 살고
있다. 그리고 그렇게 관계를 맺은 사람들과 도움을 주고받으
면서 금전적 보수를 얻는다. 도움을 주는 사람이 많으면 많을
수록 혹은 일의 난이도가 높으면 높을수록 금전적 보수도 많
아진다.

이런 관점에서 생각해보면 높은 금전적 보수를 위해 어떻

게 하면 될지 감이 잡힌다. 보다 많은 사람들에게 도움을 주든가 난이도 높은 일을 할 수 있으면 된다.

이를 위해서 무엇을 해야 할까?

항상 자신의 능력을 연마하고 어떻게 하면 다른 사람들에게 도움을 줄 수 있을지를 늘 생각하면서 성심성의껏 일에 매진하는 것이다. 이것 말고 돈을 잘 버는 방법은 존재하지 않는다.

성공하지 못하는 사람들은 십중팔구 이런 개념이 없는 사람들이다. 그들의 관심사는 오로지 어떻게 하면 잘 팔릴까, 어떻게 하면 돈을 벌까, 어떻게 하면 인정받을까, 어떻게 하면 빨리 승진할까, 이런 것들뿐이다. 모든 일의 중심이 자기 자신이기 때문에 타인의 일 따윈 안중에 없다. 약아빠진 테크닉을 구사하여 일확천금을 노리지만 '목적'과 '결과'가 바뀌어 있기 때문에 순조롭게 일이 풀릴 리 없다.

어쩌다 좋은 '결과'가 나올 때가 있다. 그러나 오래 가지 못한다. 이유는 말할 필요도 없이 '다른 사람에게 도움을 많이 주면 줄수록 돌아오는 금전적 보수도 많아진다'는 법칙에 어긋나기 때문이다.

반대로 '다른 사람에게 도움을 주겠다'는 마음가짐으로 일하는 사람에게는 언젠가 그 '결과'가 나타난다. 결과는 물론 다른 사람에게 도움을 준 대가다.

돈을 많이 벌고 싶다면 먼저 어떻게 하면 다른 사람에게 도움을 줄 수 있을지를 생각하자. 그 '생각'을 진지하게 하면 할수록 금전적 보수도 많이 따라오는 법이다.

 생각의 법칙 26

'다른 사람에게 도움을 주고 싶다'는 마음가짐으로 일하면 언젠가 돈은 들어오게 되어 있다.

27

사고 싶은 게 있다면 타이밍을
가능한 한 늦춰보자.
놀랄 만큼 낭비가 줄어든다.

· · · · · · · ·

재력가들의 공통점을 분석한 결과, 흥미로운 데이터가 나왔다. 그들의 공통점은 즐거움을 뒤로 미루는 습관이 있다는 것이다. 사고 싶은 게 있을 때 덥석 사는 것이 아니라 충분히 시간을 갖고 생각한 뒤에 산다. 바꿔 말하면 그들은 사고 싶은 욕망을 스스로 컨트롤한다.

반대로 사고 싶다는 생각에 발동이 걸리면 어떻게 해서라도 빨리 손에 넣어야 직성이 풀리는 사람이 있다. 기업에게 그들은 좋은 먹잇감이다. 자기들의 먹잇감이 빨리 원하는 것을 손에 넣을 수 있도록 터무니없는 금리로 대출을 해주기도 한다. 당연히 이런 욕망이 강하면 강할수록 치러야 할 대가도 커진다. 사고 싶은 욕망을 컨트롤하지 못하는 사람은 같은 상품을 사도 남들보다 훨씬 비싼 돈을 주고 사게 될 공산이 큰 것이다.

금전적으로 여유로운 생활을 하고 싶다면 손에 넣고 싶은 것이 있어도 사는 즐거움을 뒤로 미루는 습관을 들여야 한다. 포기하라는 말이 아니다. 타이밍을 늦추라는 것이다.

가까운 예를 하나 들어보자. 너무나 보고 싶은 DVD가 있다. 사고 싶은 것은 당장 사버려야 직성이 풀리는 사람이라면 일단 하루만 미뤄보자. 그리고 다음 날이 되어 또 하루를 미루어본다. 이렇게 날짜를 늦추는 식으로 하루씩만 참아보자. 참을 수 있을 때까지 참아본다. 가령 한 달이라는 기한을 정해놓고 한 달이 지났는데도 아직 사고 싶은 마음이 가라앉지 않았다면 그 시점에서 비로소 사는 것이다. 사는 것을 한 달 정도 미루는 습관이 몸에 배면 '정말로 원하는 것'과 '충동적으로 사고 싶었던 것'을 분명히 인식할 수 있게 된다.

낭비벽이 있는 사람을 보면 대개 충동적으로 사고 싶은 마음을 억제하지 못하는 경우가 많다. 대개는 '안 사도 좋을 만한' 물건들이다. '안 사도 좋을 만한' 물건을 사지 않게 되면 그만큼 금전적으로 여유가 생길 게 자명하다.

사고 싶은 마음을 일단 접고 한 템포 늦추는 습관을 들이자. 처음에는 하루를 늦추고 다음에 일주일을 늦추고 이런 식으로 조금씩 기간을 늘려간다. 분명히 충동구매 습관이 사라져 금전적 여유가 찾아올 것이다.

 생각의 법칙 27

사고 싶은 마음을 한 템포 늦추는 습관이 낭비를 줄인다.

돈을 '버는' 사람이 아니라

돈을 '잘 쓰는' 사람이 되자.

돈은 돈을 잘 쓰는 사람에게 자연히 찾아오는 법이다.

28

사람들은 돈을 벌고 싶어 한다. 그 자체는 크게 문제될 게 없다.

그러나 인간으로서 우리는 돈을 많이 버는 그 일 자체가 아니라 어떻게 하면 돈을 잘 활용할 수 있는지에 초점을 맞추어야 한다.

돈이 오히려 독으로 작용한 사례는 일일이 손으로 꼽기 힘들 정도다.

돈의 노예가 되는 사람들이 적지 않다. 그들은 벌어도 벌어도 만족할 줄 모른다.

평생 놀고먹어도 될 정도의 돈을 모아놓고도 돈 냄새가 나는 곳이라면 물불을 가리지 않는다.

대개는 사회 공헌과 같은 차원 높은 이유와는 거리가 멀다. 그들은 회사의 덩치를 키우기 위해, 고급 저택을 사기 위해, 비싼 물건들로 치장하기 위해 돈을 벌고 싶어 한다.

이런 사람은 절대 좋은 일에는 돈을 쓰지 않는다.

그들이 돈을 벌고 싶어 하는 목적은 오로지 자기 자신을 위해서다.

자신의 오감을 만족시키는 일에만 돈을 쓸 뿐이다.

그렇다면 돈을 활용할 줄 아는 사람은 어떤 사람들일까? 바로 자신의 성장을 위해, 세상을 밝게 하기 위해 돈을 쓰는 사람을 말한다.

돈을 많이 벌고 싶은가? 당신이 돈을 벌고자 하는 목적은 무엇인가?

단순히 오감을 만족시키기 위해서인가? 아니면 다른 사람에게 도움이 되고 싶어서인가?

돈을 잘 쓸 줄 아는 사람에게 돈이 따라 붙는 법이다. 돈을 어떻게 써야 하는지 늘 자각하며 살아가자.

 생각의 법칙28

세상을 밝게 하는 일에 돈을 쓰면 쓸수록 돈은 저절로 굴러들어온다.

29

돈의 본질을 깨닫자. 그것은 바로
근면함과 성실함이다.
근면하고 성실한 사람이 있는 곳에는
돈이 저절로 들어온다.

우리가 살아가는 데 있어 돈은 반드시 필요하다. 돈은 우리에게 자유와 안락함을 선사한다. 부자 되기가 인생의 목표인 사람도 적지 않으리라.

그러나 돈 모으기가 인생의 목표가 되어서는 안 된다. 돈에 욕심을 내면 낼수록 돈은 도망가는 법이다. 지금부터 경제적 기반을 다져가야 하는 사람이라면 더욱 더 이 말을 가슴에 새기지 않으면 안 된다.

왜 돈 모으기를 인생의 목표로 해서는 안 될까? 돈을 포함해 이 세상에 존재하는 모든 물질은 실체 없는 그림자에 지나지 않기 때문이다. 우리는 오감으로 인식할 수 있는 물질만이 실체가 있는 것이라고 착각하곤 하지만 실은 그런 것들은 그림자에 지나지 않을 뿐이라는 사실을 알아야 한다. 그렇기에 돈을 목표로 하는 것은 그림자를 쫓는 것과 같다.

좀더 알기 쉽게 설명해보자. 예를 들어 당신이 어떤 물건 (물질)을 잡으려고 하면 손에 잡힐 것이다.

그러나 그 물건의 그림자를 잡으려고 하면 어떤가? 아무리 노력해도 그것은 불가능한 일이다. 돈도 마찬가지다. 돈은 그림자다. 그림자를 아무리 잡으려 해봐야 잡히지 않는 것이 당연하다.

그렇다면 돈의 실체는 무엇일까?

비단 돈뿐만 아니라 모든 물질의 실체는 신의 의지(대자연의 섭리)에 따라 살아가는 과정이다. 신의 의지란 애정, 우정, 성실, 근면, 정직, 배려, 용기, 공정, 자비, 위로, 절제, 자제…… 등등 인간의 아름다운 본성이다. 아이러니하게도 우리의 눈에는 보이지 않는 이런 것들이 실체인 것이다.

신의 의지를 거스르지 않고 살아가면 당연히 그 그림자도 따라 온다.

　돈의 실체는 부지런하고 성실하게 일하는 과정, 고객 감동을 제일로 생각하는 마음, 자신의 과오를 반성하게 고치려는 의지……. 바로 이런 것들이다. 이러한 실체를 쫓으면 그림자인 돈은 자연히 따라오게 마련이다.

　반대로 돈만을 따라가다 보면 어떻게 될까?

　당장 돈이 되지 않는 일은 소홀히 하고 돈을 쓸 것 같지 않은 고객은 함부로 대하고 고객의 이익보다 자신의 이익을 우선시하고 자신의 잘못을 인정하지 않고……. 일견 이런 행위들이 당장 돈을 가져다 줄 것처럼 보인다.

　그러나 이는 착각이다. 그림자를 아무리 쫓아봐야 손에 잡히지 않는 게 당연하지 않은가?

　역설적으로 들릴지 모르겠으나 경제적 기반을 마련하고 싶다면 돈에 연연해하지 말자. 돈이 아니라 자연의 섭리를 거스르지 않고 살아가리라 마음먹는 것이 우선이다. 그림자에 현혹되지 말고 실체를 똑바로 보자. 그러면 반드시 그림자는 따라온다.

　신약성서에 '무엇을 먹을까 무엇을 마실까 염려하지 말라.

너희는 먼저 그의 나라와 그의 의를 구하라. 그리하면 이 모든 것을 너희에게 더하시리라' 는 구절이 바로 이 뜻이다.

 생각의 법칙 29

돈의 본질을 알면 돈이 저절로 들어온다.

진정한 행복이 무엇인지 생각하자.
돈을 낭비하지 않고도
진정한 행복을 손에 넣을 수 있다.

경제적으로 윤택함을 누리기 위해 돈 버는 일보다 더 중요한 일은 낭비를 줄이는 일이다.

아무리 돈을 많이 벌어도 낭비가 심하면 깨진 독에 물붓기이기 때문이다. 누구나 알 만한 연예인 중에도 빚에 허덕이는 사람들이 많다.

분명 큰돈을 벌고 있지만 그만큼 쓰는 돈도 많기 때문에 수입만으로는 감당이 안 되는 것이다. 이러한 예는 일일이 열거할 수도 없을 만큼 비일비재하다.

그렇다면 낭비를 줄이기 위해서는 어떻게 해야 할까?

또 다시 반복하지만 신의 의지에 따라 살면 낭비 따윈 있을 수 없는 일이다.

한마디로 낭비하는 사람은 신의 의지를 거스르며 사는 사람이다. 그림자만을 쫓는 사람이다. 그림자만 쫓기 때문에 낭비는 필연이다.

예를 들어 주택융자, 자동차융자를 갚기 위해 허리가 휘는 사람들. 조금이라도 좋은 집에 살고 싶고 조금이라도 좋은 자동차를 타고 싶다는 '그림자' 속에서 행복을 추구하려는 마음이 분수에 맞지 않는 집과 차를 사게 부추기고 대출지옥이라는 결과로 이어진다.

혹은 불륜의 덫에 걸려 아내에게 거액의 위자료를 지불하고 이혼 당하는 사람. 불륜이라는 '그림자' 속에서 그릇된 삶의 보람을 찾으려고 했기 때문에 위자료 지불이라는 참담한 결과를 맛보게 된다.

식도락, 알코올 중독, 도박 중독, 쇼핑 중독⋯⋯.

이들의 문제는 돈을 벌고 못 벌고가 아니라 '그림자' 속에서 행복을 찾기 위해 낭비를 한다는 데 있다. 그들은 진정한 행복을 모른다. 그래서 오감을 자극하는 일에만 온 신경이 집중되어 있다.

그러나 이것은 착각에 불과하다. 멋진 집에 살든, 도박에서 큰돈을 따든, 진귀한 음식을 먹든, 고가의 보석으로 온 몸을 치장하든, 이 모든 것은 오감을 자극시키는 일일뿐 그 이상 아무 것도 아니다.

그림자 속에는 진정한 행복이 존재하지 않는다. 행복의 원천이라 착각했던 것들도 시간이 지나면 또 금방 싫증이 나고 더 강한 자극을 찾아 헤매기 때문에 점점 더 돈을 낭비하게 된다.

낭비벽이 있는 사람은 인간의 진정한 행복은 오감의 쾌락이 아니라 신의 의지에 따라 살 때 비로소 찾아온다는 사실을 깨달아야 한다.

성심성의껏 일해서 고객에게 감동을 줄 때, 땀 흘려 일해 좋은 성과를 내고 좋은 평가를 받을 때, 필사적으로 연습해서 우승을 거머쥐었을 때, 곤경에 처한 사람을 도와주고 환한 웃음으로 보답 받을 때……. 이럴 때 우리는 마음속에서 우러나는 진정한 기쁨을 맛볼 수 있다.

신의 의지에 따라 사는데 그렇게 많은 돈이 필요한 것은 아니다. 허상을 쫓기 때문에 돈에 연연해하는 것뿐이다.

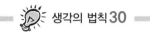 생각의 법칙30

진정한 행복을 알면 돈을 낭비하는 일 따위는 없다.

IDEA

Part **6**

생각은 건강력

건강한 몸과 마음을 가꾸자

DREAM

왕성한 지적 활동은
왕성한 육체 활동과 비례한다.
건강한 육체에 건전한 마음이 깃들며 건강은
충실한 정신 활동을 위한 토대라는 사실을 명심하자.

31

철학자 임마누엘 칸트는 건강을 유지하는 데도 명인이었다고 한다. 해머튼의 《지적생활을 위하여》라는 책에 보면 칸트를 이렇게 소개하고 있다.

"칸트는 왕성한 지적 활동은 왕성한 육체 활동에 달려 있다는 사실을 잘 알고 있었습니다. (중략) 철학자로서 자신의 소명을 다하기 위해서 건강은 필수 조건이라고 믿고 늘 건강하게 살고자 노력했지요."

칸트는 건강하게 살고자 어떤 노력을 했을까?

매일 아침 같은 시간에 일어나서는 날씨에 상관없이 매일 오후 산책을 했다. (독일 사람답지 않게) 맥주를 즐기지 않았다. 식사는 점심 한 끼. 아침밥도 저녁밥도 먹지 않았다…….

당시 독일인들의 습관에 얽매이지 않고 '정력적으로 지적 활동에 임할 수 있도록' 몸 관리에 최선을 다했다. 그의 건강한 육체는 건전한 지적 활동의 기반이 되었다.

'생각과 결과의 법칙'이라는 관점에서 건강하게 살기 위해서는 어떤 점을 늘 명심해야 하는지 살펴보자.

건강이라는 '결과'를 손에 넣고 싶다면 건강의 본질에 눈을 뜨고 그것을 하나씩 하나씩 실천해나가면 된다.

그 본질이란 자제, 절제, 충분한 수면, 적당한 운동, 충분한 영양 섭취 등등을 말한다. 이런 것들이 모여 육체적 건강이라는 '결과'를 가져다준다. 이런 육체적 건강은 왕성한 정신 활동을 위한 기반이 된다.

건강 유지를 가볍게 보아서는 안 된다. 칸트가 건강 유지를 위해 절제하고 노력했던 것처럼 건강을 위해서는 치러야 하는 대가도 있기 마련이다. 그 대가란 바로 건강의 본질을 깨닫고 하나하나 실천해 나가기다.

밤새 인터넷 서핑을 즐기다가 수면부족이 된다든가, 일이 바쁘다는 핑계로 운동을 거른다든가, 매일 기름진 음식으로만 배를 채운다든가, 스트레스 운운하며 평소보다 많은 양의 담배를 피워댄다든가 등등, 이런 '몸에 독'이 되는 일을 피해야 한다. 유혹을 이기지 못하면 건강한 신체는 포기해야 한다.

건강한 생활을 누리기 위해서 '무엇이 약이고 무엇이 독인지' 항상 생각하는 습관을 갖자. 그리고 '독'이 되는 일은 의식적으로 멀리 하자.

 생각의 법칙 31

건강을 위한 노력이 건전한 정신 활동의 기반이 된다.

32

당신의 **용기 있는 제안**이
세상을 밝게 할 뿐 아니라
당신 자신을 활력 있게 만들어준다.

우리는 모두 어른이 되면서 '어른스러워' 진다.

여기에는 좋은 면과 나쁜 면이 있다.

영어회화 강사를 하던 시절 다양한 연령층의 다양한 사람들을 만나면서 이를 뼈저리게 실감했다.

어른스러워지면 협조성이 높아지고 상식에 어긋나는 일을 하지 않는다.

중년 샐러리맨을 보라. 그들은 사회규범을 철저히 지키려 노력한다.

반면 그들에게는 패기가 없다. 불합리한 것들을 보고 참는데 익숙해져 있기 때문이다.

오랜 세월 조직에 몸담고 있다 보면 '잘못되었다는 생각은 들지만 가만히 있는 쪽이 낫다'는 생각이 들 때가 많다. 그러나 참으면 참을수록 나쁜 의미로 점점 '어른스러워' 진다.

물론 개인차도 존재한다. 50대에도 활력이 넘치는 사람이 있는가 하면 패기가 전혀 느껴지지 않는 20대들도 많다. 그러나 대개는 나이를 먹을수록 활력이 사라진다.

이것은 우리들이 그저 세월이 흐르는 대로 살아가고 있다는 증거라고 생각한다.

그렇다면 언제까지 활력 넘치게 살고자 한다면 어떻게 하는 것이 좋을까?

한 가지 방법은 이해가 가지 않는 일이 있다면 억지로 참지 않기다. 억지로 참으니까 활력이 없어진다.

방법은 여러 가지다. 좋은 아이디어를 제안하기, 신문이나 잡지에 투고하기, 직접 전화를 걸어 제안해보기 등등…….

내가 일했던 영어학원에서 실시하는 통신 교육이 있었다. 그런데 채점하는 사람의 편의를 위해 문제는 모두 사지선다

형식으로 출제된다.

평균 1분이면 한 사람 시험지의 채점이 끝난다. 한 달 통신 수강료는 7천 엔. 수강생의 영어회화 실력을 향상시킨다기보다 어찌 보면 비즈니스 아이템으로밖에 여겨지지 않는 구석이 없지 않아 있었다.

대부분의 학생들은 그 통신 교육에 대해 특별히 토를 달지 않았다.

실로 '어른스러운' 사람들이었다. 그런데 어느 날 한 수강생이 학교에 편지를 보냈다.

'이런 첨삭 문제만 열심히 풀자고 비싼 수강료를 내는가. 통신 교육인데 왜 영작문 수업도 없고 수강생들을 위한 지도도 전혀 없는가' 하는 항의문이었다.

통신 교육에 대해 안 그래도 찜찜해하던 학원측은 이 편지 한 통에 서둘러 방침을 바꾸었다. 단 한 통의 항의서한이 시스템을 바꾸게 한 것이다.

마음에 들지 않는 일은 무턱대고 반발하라는 말이 아니다. '이렇게 하면 개선할 수 있겠다'고 생각하는 일이 있다면 망설이지 말고 제안하라는 말이다.

그러면 아무리 나이가 들어도 패기 넘치는 삶을 살 수 있다. 할 말은 하고 살자.

생각의 법칙 32

이해가 가지 않는 일을 참지 않고 개선하려는 용기가 패기를 낳는다.

좋은 작품을 접하면 접할수록
당신의 정신은 건전해진다.
무엇을 듣고 볼지 신중히 선택하자.

33

우리는 매일 음식을 통해 영양을 섭취한다.

좋은 음식은 우리에게 양질의 영양분을 공급해준다. 반대로 좋지 못한 음식은 우리 몸에 해를 끼친다.

그러므로 음식에도 충분히 주의를 기울여야 한다. 성실함은 이 모든 것을 포괄한다.

그러나 음식 이상으로 중요한 것이 있다. 그것은 바로 '정신을 맑게 하는 음식'이다. 우리는 매일 입으로는 '먹는 음식'을, 동시에 눈과 귀로는 '정신적 음식'을 섭취한다.

구체적으로 말하면, 눈에 들어오는 풍경 그리고 귀로 들어오는 모든 소리를 말한다. TV, 책, 잡지, 신문, 인터넷, CD, 라디오 등이 이에 해당한다. 우리는 이러한 '정신적 음식'에서 영양소는 흡수하고 불필요한 것은 배출한다.

그렇다면 이런 정신적 음식에서 나오는 영양소에는 어떤 것들이 있을까?

의욕을 불러일으키는 것들, 견문을 넓혀주는 것들, 정직하게 살고자 해주는 것들, 용기를 불러일으켜주는 것들이다. 말하자면 정신적으로 플러스가 되는 모든 것들이 바로 정신적 영양소에 해당한다.

다시 먹는 음식 이야기로 돌아가 보자. 양질의 영양소는 우리 몸의 피와 살이 되어 건강한 신체를 만들어준다. 반대로 영양 가치가 없는 과자만 먹는다면 어떻게 될까? 지방은 늘어나고 혈액은 탁해지는 등 우리 몸에 악영향을 끼친다.

'정신적 음식'도 이와 마찬가지다. 정신적으로 양질의 영양소를 섭취하면 생각도 건전해진다. 반대로 영양 가치가 없는 것들만 섭취하면 정신에도 좋지 못한 영향을 끼친다. 범죄자들 중에 호러 영화나 만화를 보고 모방 범죄를 저지르는 경우가 심심치 않은데 이것이 바로 그 증거라고 할 수 있다.

　건전한 정신을 가지고 싶다면 '정신적 음식'에 주의를 기울이고 가능한 한 '양질의 영양소'를 섭취하려고 노력해야 한다. 일류라고 일컬어지는 작품들은 이런 양질의 영양소일 확률이 높다. 일류는 아니더라도 나중에 '이런 거 안 보는 게 나았다'고 후회하지 않도록 보는 눈을 길러야 한다.

　가령 영화라면 제목이나 해설 등을 보면 자신에게 '양질의 영양소'가 되는 작품인지 아닌지 대개 판단이 가능하다. TV 프로그램도 어느 정도 추측이 가능하다.

　양질의 영양소를 섭취하면 우리 몸이 건강해지듯 양질의 정신적 영양소를 섭취하면 정신도 건강해진다. 그러므로 눈과 귀를 통해 들어오는 것들이 정신을 맑게 하는 양질의 영양소인지, 아무 영양가 없는 껍데기에 불과한지 잘 판단해서 양질의 영양소만을 섭취하도록 노력하자.

 생각의 법칙 33

당신이 듣고 보는 것들이 당신의 정신 구조에 영향을 끼친다.

34

당신의 꿈을 망치는 사람은 없다.
당신에게 쏟아지는 비난은
당신의 인내력을 길러주는 시험대와 같다.

앞에서 꿈과 목표를 자주 입으로 말하라고 한 것을 기억하
는가? 그런데 남 앞에서 말할 때 주의해야 할 점이 있다.

자신의 꿈과 목표를 이해해주지 않는 사람 앞에서는 말해
봐야 소용이 없다는 것이다. 그런 사람에게 당신의 꿈을 말해
봐야 비난을 받을 게 뻔하다. 부정적인 소리를 들으면 들을수
록 '역시 나한테는 무리인가' 하고 자신감을 잃게 될 위험이
있다. 이것이 문제다.

착실히 자신의 꿈을 실현시켜가고 있는 사람은 자기와 비

숫한 사람을 보면 격려하고 도와주려고 애쓴다. 이런 사람과 함께 있으면 당신도 덩달아 흥이 난다.

그러나 꿈을 포기하며 살고 있는 사람들은 꿈을 착실히 이루어가고 있는 사람을 보면 자기와는 관계없는 '별세계 사람'으로 치부하고 '그건 불가능하다'고 못을 박는다. 악의는 없지만 그들의 말에 귀를 기울일 가치는 없다. 그러므로 그런 사람들 앞에서는 처음부터 아무 말도 하지 않는 게 상책이다.

어쩌다 사람을 잘못 판단해서 비난을 면치 못하는 경우가 생기기도 하는데 그럴 때는 참는 수밖에 다른 도리가 없다.

작가가 되기로 마음먹었을 즈음 내 꿈에 시비를 거는 사람이 많았다.

"책을 쓴다니 너무 허황된 꿈 아니야. 그냥 영어강사나 하지 그래." "번역하는 걸로는 만족하지 못해 그래?" 등등.

작가 지망생들이 중간에서 포기하고 마는 것은 아마도 이런 크고 작은 비난에 위축되어서가 아닐까 생각이 들 정도다.

그러나 꿈을 포기해서는 안 된다. 당신만 포기하지 않으면 꿈은 반드시 이루어진다. 다른 사람의 인생에 상처를 주는 꿈만 아니라면 꿈은 반드시 이루어진다. 이것을 믿어야 한다.

당신의 꿈을 망칠 권리는 아무에게도 없다.

운 나쁘게 당신의 꿈을 이해해주지 못하는 사람을 만나 비난을 받았다면 그가 당신의 인내력을 키워주는 선생이라고 생각하고 담대히 넘어가자.

 생각의 법칙 34

비난을 하나씩 넘어갈 때마다 인내력도 자란다.

거짓말의 유혹에 넘어가면 불안은
점점 커진다. 거짓말의 유혹을
뿌리치면 맑고 건강한 정신의 소유자가 된다.

35

흔히 거짓말에는 착한 거짓말과 나쁜 거짓말이 있다. '거짓말도 잘만 하면 논 닷 마지기보다 낫다'는 속담도 있듯이 거짓말이 모두 나쁜 것은 아니다.

논 닷 마지기보다 나은 거짓말은 어디까지나 상대방에게 상처를 주지 않는 거짓말, 처세에 도움을 주는 거짓말을 말하며 때에 따라 필요할 때도 있다.

그러나 자신의 불성실함을 무마하기 위한 거짓말이나 허세는 금물이다.

이는 모두 자기중심에서 기인한 거짓말이다.

인생 경험을 축적해나가면서 우리는 착한 거짓말과 나쁜 거짓말을 구별할 줄 알아야 한다.

어디까지나 상대방을 배려하기 위한 거짓말만이 착한 거짓말이다.

누군가와 대화를 나누다가 나도 모르게 거짓말을 하고 싶은 충동을 느낄 때가 있다.

'여기서 이렇게 말하면 이 사람도 꼼짝 못하겠지'

이런 생각이 들 때 거짓말의 유혹에 빠지기 쉽다.

거짓말은 새끼를 친다.

한 번 거짓말을 하면 그에 대한 변명이나 입증을 위해 더 큰 거짓말을 하게 된다는 말이다.

이런 사태가 반복되면 급기야는 거짓말에 거짓말을 보태게 되고 언제 들통이 날지 불안에 휩싸이게 된다.

거짓말을 하고 싶은 유혹에 빠지더라도 그것을 물리치는 처음 마음가짐이 중요하다.

한 번 거짓말을 하고 나면 거짓말이 날개를 달게 되고 그때부터 불안이라는 마음의 병을 얻게 됨을 명심하자.

생각의 법칙 35

거짓말이 날개를 달기 시작하면 불안이라는 마음의 병을 얻는다.

36

환상을 쫓지 말고 **꿈의 본질**을 보자.
본질을 꿰뚫으면 놀라울 정도로
정신력이 강해진다.

어느 출판사 편집장의 이야기다. 그는 청년 시절부터 문학
을 동경하여 전업 작가를 꿈꾸었다.

그러던 어느 날 그에게 사건이 벌어졌다. 한 출판사의 의뢰
로 원고를 썼는데 여러 가지 트집을 잡혀 그가 쓴 원고가 휴
지통에 들어가는 신세가 된 것이다.

그는 그때의 기분을 이렇게 회상했다.

"그 일이 작가의 꿈을 접는 분기점이 되었지요. 내 자신이
너무 한심해서 도저히 글을 못 쓰겠더라고요. 어떻게 어떻게

초판 인쇄분은 받았지만 돈을 벌려고 그랬던 것도 아니고. 이제 절대 글은 안 쓸 거예요. 책으로 나올지 안 나올지도 모르는데 써서 뭐하겠어요."

나는 그 양반을 비판하기 위해 이 이야기를 꺼낸 것이 아니다. 그는 어엿한 편집장이 될 정도로 센스 있고 뛰어난 능력의 소유자다. 그가 전업 작가가 되겠다는 꿈을 접었다고 그를 비판할 생각도 없다.

다만 그가 전업 작가가 되지 못했던 것은 작가가 되겠다는 꿈의 본질을 제대로 보지 못했다는 생각이 든다.

나카타니 아키히로씨의 저서에 이런 문장이 있다.

"의뢰를 받았을 때만 글을 쓰는 사람은 작가가 될 자격이 없다고 봅니다. 작가란 일부러 글을 쓰는 사람이 아니라 저절로 글이 써지는 사람이지요."

이 말이 바로 작가의 본질이다.

프로야구 선수를 떠올려보길 바란다. 주전 타자로 늘 시합에 나가는 타자 중에 데드볼을 한 번도 안 맞은 선수는 없다. 시합에 출전하는 한 누구나 데드볼을 맞는다. 어떤 선수는 이것이 원인이 되어 반년, 일 년을 헛되게 보내는 선수도 있을 것이다.

"잘못한 것도 없는데 내가 왜 데드볼을 맞아야 돼! 프로야구를 때려치든지 해야지." 하는 선수는 프로야구 선수로서 실격이다.

프로야구 선수라는 목표 속에는 시합에 나가서 눈부신 활약을 펼치는 장면도 있겠지만 '데드볼을 맞고도 참아내는' 인내력도 포함되어 있다. 그것이 프로야구 선수의 본질이다.

그 본질을 아는 선수는 설령 데드볼을 맞아 시합에 나가게 되지 못하더라도 다시 시합에 나갈 날을 위해 끊임없이 연습하고 준비하는 선수가 아닐까?

작가의 세계에서는 자신이 쓴 글이 접히는 쓰라림이 데드볼에 해당한다. 앞에서 언급한 편집장은 전업 작가가 되기 위한 훈련 과정을 이겨내지 못하고 그대로 쓰러진 경우다. 그렇기에 전업 작가로서 실격이다.

인생에 탄탄한 대로만 있는 것은 아니다. 쓰라리고 아픈 '데드볼'도 많다.

그런 모든 아픔을 이겨낼 때 비로소 꿈을 실현시킬 수 있다. 이것이 꿈의 본질이다. 그 본질을 똑바로 직시하자. 좋은 일만 있을 것이라는 기대를 버리자. 어려움을 이겨내겠다는 각오가 필요하다.

'어떤 난관에 부딪히더라도 나는 이겨낼 것이다. 아니 이겨 내야만 한다'는 각오가 있으면 아무 것도 두려울 게 없다. 이런 각오가 가공할 만한 정신력을 만들어내고 착실히 꿈을 향해 한 발짝 한 발짝 나아갈 수 있다.

생각의 법칙 36

어떤 난관에 부딪히더라도 그것을 이겨내겠다는 각오만 있으면 가공할 만한 정신력이 생겨난다.

있는 그대로의 자기 자신을 돌아보는
시간이 성숙한 자아를 찾아준다.

37

생활은 크게 공적 생활, 사생활, 정신생활 이 세 가지로 나뉜다.

공적 생활이란 회사나 조직 또는 지역사회에서 보내는 시간을 말하며 사생활은 말 그대로 사적인 영역에 있는 사람들, 즉 가족이나 친구들과 보내는 시간 그리고 혼자서 보내는 시간을 말한다.

대부분의 사람들은 공적 생활과 사생활밖에 인식하지 못한다. 그러나 공적 생활과 사생활만으로는 '있는 그대로의 자기 자신'을 잃기 쉽다. 사생활로 보내는 시간이 많다고 자기 자신을 돌아보는 시간이 많다고 보증할 수 없다. 왜냐하면 사생활로 보내는 시간도 주변 사람들의 시선에서 자유롭지 않을 때가 많기 때문이다. '있는 그대로의 자기 자신'을 돌아볼 여유가 그다지 많지 않다는 말이다.

'나는 왜 이걸 하고 있지?' 하는 생각이 들거나 다른 사람의 생활이 부러워질 때는 '있는 그대로의 자기 자신'을 돌아보는 시간을 가져야 한다.

정신생활은 혼자 시간을 보낸다는 점에서 사생활과 비슷하지만 본질은 크게 다르다. 그렇다면 그 본질은 어떻게 다를까?

정신생활이란 '있는 그대로의 자기 자신'을 찾는 시간이다. 가령 일 년 후, 삼 년 후, 오 년 후의 내 모습은 어떨까, 어떻게 되고 싶은가, 내가 진정 하고 싶은 일은 무엇인가, 어떤 인간관계를 원하는가, 과거의 나를 돌아보고 반성할 점은 없는가……. 이런 것들을 깊이 성찰하는 시간이다.

성찰하는 방법은 사람마다 다르다. 혼자서 조용히 묵상하는 것도 좋다. 인생론이나 행복론에 관한 책을 읽으면서 자아를 성찰해보는 것도 좋다. 혼자서 여행을 하는 것도 좋다. 조직이나 주변 사람들의 시선과 가치관에서 벗어나 스스로 '있는 그대로의 자기 자신'의 모습을 찾는 것이다.

바쁜 사람일수록 공적 생활과 사생활에만 시간을 빼앗겨 정신생활을 소홀히 하는 경우가 많다. 그러나 자기 자신을 잃어버린 채 아무리 열심히 일해 봐야 결국 남는 건 껍데기뿐이다.

정신생활을 소홀히 하지 않는 사람은 성숙한 자아를 소유한 사람이다.

어떤 것이든 상관없다. 있는 그대로의 당신 모습을 찾는 습관을 기르자. 놀라울 만큼 차분하고 성숙한 자아를 발견하게 될 것이다.

 생각의 법칙 37

충실한 정신생활이 놀라울 정도로 당신을 차분하고 성숙하게 해준다.

IDEA

Part 7

생각은 마음력

진실한 사랑을 발견하자

DREAM

38

절대 자신을 비하하는 말을 하지 않는다.
자기 자신을 사랑하는 첫걸음은
바로 여기에서 시작된다.

자기 자신을 괴롭히는 사람은 스스로의 노력으로 그것을
고치지 않는 한 평생 자기 자신을 괴롭히며 살게 된다.

주변 사람들을 유심히 둘러보자. 자신을 비하하는 사람은
어떤 상황에서나 늘 자기 자신을 비하하는 말을 입에 달고 산
다. 약한 말을 하는 사람은 언제나 약한 말을 입에 달고 산다.
그들은 자기도 느끼지 못하는 사이에 늘 자기 자신을 괴롭히
고 있는 사람들이다. 늘 자신을 'I'm not OK' 라는 정신 상
태로 만드는 사람들이다. '나는 안 돼' 하고 자학하는 사람들

이다.

'나는 안 돼' 하는 정신 상태로는 타인과 관계를 맺을 수 없다.

토머스 할리스에 따르면 유아기 시절의 정신 상태는 누구나 'I'm not OK' 상태라고 한다. 부모의 도움 없이는 삶 그 자체를 위협받는다. 누구나 이런 상태를 거친다. 그런데 어른이 되어서도 끊임없이 자기 자신을 비하하는 사람은 이런 정신 상태에서 '탈피' 하지 못한 사람들이다.

내가 나를 부정하는데 어떻게 타인이 나를 인정해주기를 기대하는가? 'I'm not OK' 상태에서 타인과 원만한 관계를 맺을 수 없는 이유는 바로 여기에 있다.

이를 극복하는 최선의 방법은 자신이 지금 어떤 생각을 하고 있는지 끊임없이 자문하는 것이다.

- 자기 자신을 비판하고 있지는 않은지
- 자기 자신을 과소평가하고 있지는 않은지

자기도 모르게 입으로 흘러나오는 한탄을 경계해야 한다. 지금의 당신으로 충분하다. 현재를 인정하고 지나간 과거는 용서해야 한다. 어떤 일이 있어도 자신을 비하하는 말을 입에 담아서는 안 된다. 그 유혹에 절대로 지지 말아야 한다. 자기 자신을 사랑하는 첫걸음은 여기에서 시작된다.

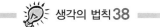 생각의 법칙 38

스스로 나를 인정해야 타인도 나를 인정해준다.

39

자신의 감정을 죽이면서까지 상대방에게
맞추지 말자. 자신의 감정을 솔직히
말할 때 진실한 관계가 구축된다.

⋮

상대방에게 의존하면 할수록 자기의 주장을 하기가 어려워
진다. 얼마 동안은 '이상적인 궁합'으로 전혀 문제가 없어 보
여도 시간이 흐르면 서로의 의견과 이해가 충돌하기 마련이다.

이럴 때 상대방과 내가 서로 다른 인격체임을 인정하는 사
람이라면 '당신은 그렇게 생각하는군요. 나는 이렇게 생각하
는데' 하고 자신의 의견을 피력할 수 있다. 그러나 상대방에
게 지나치게 의존하는 사람, 쉬운 말로 상대방이 멀어질까 두
려워하는 사람은 자신의 의견을 내세우지 않는다.

가령 약속 시간에 늘 늦는 사람이 있다. 심리적으로 독립한 사람이라면 상대방에게 앞으로는 약속 시간에 늦지 않았으면 좋겠다는 의견을 어떤 형태로는 전한다. 그러나 상대방에게 의존하는 사람은 이런 말조차 제대로 꺼내지 못하고 유야무야 넘어간다.

본인은 '조금 늦은 걸 가지고 일일이 따지는 것도 어른스럽지 못하잖아. 내가 그냥 참자' 하고 자신을 정당화한다. 그러나 여기에는 사태를 크게 하고 싶지 않은 심리가 깔려 있다. 싫은 소리를 들은 상대방이 멀어질까 두려운 것뿐이다.

여기에 함정이 있다. 만약 계속 참고만 있다면 어떻게 될까? 상대방은 '이 사람은 조금 늦어도 별로 신경 안 쓰는 사람이구나.' 라고 생각할 뿐이다. 그런 사람은 앞으로도 늦을 가능성이 높다.

중요한 것은 상대방이 그렇게 생각하도록 만든 당신에게도 일말의 책임이 있다는 사실이다.

물론 경우에 따라서는 그것이 힘들 때도 많다. 직장 상사에게 주의를 주기란 꽤나 큰 각오가 필요한 일이다.

그러나 사적 영역 안에 있는 사람들이라면 무턱대고 참기보다 그 때 그 때 말하는 것이 좋다. 참으면 상대방과의 관계가 원만히 유지되는 것처럼 보여도 이는 '위장 관계'에 지나지 않는다. 참는 자체가 자신을 '위장' 하는 것이 아닌가?

상대방이 고쳐주었으면 하는 부분, 그만해 주었으면 하는 부분이 있다면 참지 말고 말하자. 그것이 상대방을 위하고 당신을 위하는 일이다.

만약 그 때문에 상대방이 당신을 멀리 한다면 그런 사람과는 원래부터 사귀지 말았어야 할 관계라고 생각하고 깨끗하게 포기하자.

 생각의 법칙 39
상대방에게 의존하지 않을수록 장기적으로 원만한 관계를 유지할 수 있다.

40

자기 자신을 소중히 여기자.
그것이 자기 자신과의 **관계를 개선**하는
최선의 방법이다.

．
．
．
．
．

　인간관계에 무엇보다 중요한 것은 다름 아닌 자기 자신과
의 관계다.

　자기 자신을 속이면서 살다보면 언제가 타인과의 관계도
파국을 맞이하게 된다.

　그런데 이를 깨닫지 못하고 다른 사람과의 관계를 좋게 한
답시고 자기 자신을 속이는 사람이 있다.

　'나는 하고 싶지 않지만 상대방을 위해 해주자'

　'찬성하지는 않지만 그냥 찬성한다고 하자' 등등.

이런 사람은 타인에게만 온 신경이 가 있을 뿐 자기 자신의 마음속 울림은 안중에도 없다. 이른바 팔방미인이라 불리는 사람들 가운데 이런 사람들이 많다.

그렇지만 이런 사람은 단기적으로는 타인과의 관계에 문제가 없어 보이지만 그것이 오래 지속되지는 못한다. 자기 자신을 계속 속이다 보면 점점 몸과 마음이 녹초가 되어버리기 때문이다. 그 뿐만이 아니다. 자기를 속이면서까지 상대방과의 관계를 유지하는 것은 상대방에게도 결코 좋은 일이 아니다. 주변 사람들에게만 맞추어 살다보면 자기 자신의 정체성까지 흔들리고 만다.

이런 사람들에게 내릴 수 있는 처방전은 '있는 그대로의 자기 자신'을 돌아보는 시간을 많이 갖기다. 더 이상 자기 자신을 속이지 말자. 다른 사람이 이상하게 보지는 않을까, 인간관계에 서툴다고 흉을 보지 않을까 그런 생각에 전전긍긍하지 말자.

삶에 자신감이 없는 사람은 먼저 자기 자신을 인정하기부터 시작하자. '나는 나야, 다른 사람이 뭐라 하든 상관없잖아, 다른 사람이 어떻게 느끼든 나는 그렇게 느끼잖아' 하고 나 자신의 감정을 먼저 인정하자. 자신을 인정하고 좋아하는 일에 매진하자. 그런 모습에서 당신만의 매력이 발산되는 법이다. 그것을 알아주는 사람이 분명 나타날 것이다.

> ### 생각의 법칙 40
>
> 자신을 속이지 않고 살아갈 때 비로소 당신의 매력이 발산된다.

41

두 사람의 친밀도를 높이기 위해서는
‘라폴 법칙’을 이용하여
서로의 공통점을 찾아내자.

· · · · · ·

‘라폴 법칙’이란 상대방에게 동의하면 할수록 친밀도가 높아지고 반대 의견을 내세우면 세울수록 혐오감이 높아진다는 심리 법칙이다.

내 의견에 쌍심지를 켜는 사람이 달가울 리 없다.

반대로 동의해주는 사람을 만나면 어쩐지 친밀감이 느껴진다.

어떤 사람과 데이트를 하는데 상대방이 당신이 하는 말마다 부정을 한다면 기분이 어떨까?

"영화 정말 재미있었지?"

"글쎄 난 그저 그랬어."

"이 찻집에 들어가서 차 마실까?"

"여기보다는 저 집이 나은 거 같은데."

"저기 들어가서 가방 좀 보자."

"당신 혼자 들어갔다 와. 난 여기서 기다리고 있을게."

"목마르니까 커피라도 마시러 갈까?"

"목이 마를 때 당신은 커피를 마셔? 믿을 수가 없네. 목이 마르면 물을 마셔야지." 등등

지금까지의 인간관계를 한 번 돌아보자.

우리가 상대방에게 친근감을 느낄 때는 상대방과 내가 '같다'고 느낄 때다. 고향이 같다, 출신학교가 같다, 취미가 같다…….

그럴 때 '아, 이 사람은 나와 같구나'라는 친근감이 절로 솟아난다.

같은 영화를 보고 같은 책을 읽고 감동을 느끼고 같은 음식을 먹고 맛있다고 느끼는 등, 아무리 사소한 것이라도 상대방이 나와 같은 느낌이라는 생각이 들면 말할 수 없이 깊은 친

밀감을 느끼게 된다.

반대로 아무런 공통점이 없으면 분위기는 무르익지 않는다.

툭하면 '그런 거 몰라' 또는 '나는 그렇게 생각하지 않는데' 하고 반발한다면 그 사람과 대화를 나눌 마음이 생기겠는가?

그렇다면 이제 친밀도를 높이기 위해서는 어떻게 해야 하는지 그 대답을 알았을 것이다.

상대방과의 공통점을 찾는 것이다.

하나부터 열까지 일치할 수도 없지만 하나부터 열까지 틀리기도 쉽지 않다.

상대방과 다른 가치관을 가져서는 안 된다는 말이 아니다. 굳이 다른 점을 부각시키기보다 공통점을 부각시키는 쪽이 상대방과의 친밀도를 높이는 데 효과가 있다는 말이다.

자신의 의견을 억지로 굽힐 필요까지는 없지만 양보할 수 있는 일이라면 일부러 상대방의 감정을 부정하여 감정을 건드리는 일이 없도록 주의하자.

생각의 법칙 41

공통점이 보이면 그 사람에게 친밀감이 느껴지는 법이다.

42

잘한 결혼은 있지만 행복한 결혼은 없다.
결혼으로 행복을 찾겠다는 마음을 버리자.
진정한 행복은 가족을 사랑하는
행위 하나 하나 속에 담겨 있다.

: : : : : :

아주 오래전 이야기이기는 한데 다케다 테츠야씨가 모 TV
프로그램에 나와서 '잘한 결혼은 있지만 행복한 결혼은 없
다'는 철학적인 말을 한 적이 있다.

만족스런 결혼 생활을 원하는 사람이라면 가슴에 새겨두어
야 할 명언이라는 생각이 든다. 주변 친구들도 하나같이 "결
혼 생활이라는 게 상상했던 거랑은 너무 달라. 이렇게 다를
줄이야……." 하며 비명에 가까운 한숨을 토한다.

그들은 결혼 생활이 행복의 원천이라고 착각하고 있다. 그

것이 잘못이다. 결혼 생활의 본질을 보지 못하고 그림자만을 본 것이다.

'결혼 생활의 80%는 단순한 생활이다. 나머지 가운데 15%는 귀찮은 일, 정말로 좋은 부분은 5%밖에 되지 않는다'

이 말도 어느 철학자가 남긴 말인데 그야말로 정곡을 찌르는 말이다.

실제 결혼 생활에서는 '귀찮은 일' 투성이다.

양가 부모 공양, 배우자의 건강, 배우자의 가족과의 교류, 자식 교육 등등.

결코 즐겁다고 말할 수 없는 일들이다. 결혼 전에는 자기 자신의 문제만 어떻게 해결하면 됐는데 결혼과 동시에 보살펴야 할 가족이 한꺼번에 늘어난다. 그리고 안타깝지만 거기서 헤어날 수도 없다.

물론 좋은 점도 있다. 다만 결혼 전에 생각했던 것만큼 즐거운 일이 많지 않다는 것이 문제다. 이것이 현실이다.

행복한 결혼 생활을 원한다며 결혼이라는 제도 속에서 행복의 원천을 찾겠다는 생각을 접자. 그것은 환상일 뿐이다. 손에 넣고 싶다고 들어오는 게 아니다.

진정한 행복은 가족을 사랑하는 행위 하나 하나 가운데 있다. 그리고 그것은 빈번히 발생하는 '귀찮은 일'에서 도망가지 않고 성심성의껏 부딪히면서 이루어 가는 것이다.

배우자를 탓하기 전에 자신의 나쁜 점을 반성하자. 잘못을 저질렀을 때는 솔직하게 인정하고 사과하자. 배우자 때문에 '귀찮은 일'이 생겼다 해도 도망가지 말고 함께 문제를 해결하자.

한 가지 한 가지 성심껏 해결해나가는 과정에서 보람을 느끼는 것이야 말로 '잘한 결혼'이고 그것이 바로 결혼 생활의 본질이다. 자기는 아무 것도 하지 않으면서 배우자가 행복을 가져다주는 '결혼 생활'이란 존재하지 않는다.

생각의 법칙 42

가족을 사랑하는 행위 하나 하나 속에 진정한 행복이 존재한다.

43

당신의 외로움을 달래줄 수 있는 사람은
당신 자신밖에 없다.
도망가지 말고 외로움과 대면하자.

외롭다고 느껴질 때는 자기 자신을 '신의 도구'라고 인식하고 자기가 할 수 있는 최선의 일을 하라고 앞에서 말했다.

그러나 그 전에 먼저 '외로움'이란 상당히 이기적인 감정임을 알아야 한다. 이것을 이해하고 외로움과 대면하지 않으면 '인간은 신의 도구'라는 철학적인 생각에 코웃음을 치게된다.

외로움을 잘 타는 사람과 이야기를 나누다보면 대개 자기 자신밖에 생각하지 못한다는 생각이 든다. 그렇기 때문에 외로움을 느끼는 것이다.

"아버지는 조금도 내 얘기에 귀를 기울이지 않아."

"회식할 때도 끼리끼리만 어울려서 내가 들어갈 자리가 없어." "크리스마스지만 함께 할 연인이 없어 너무 외로워."

관점을 달리 해서 말해보면

"내 이야기를 들어주면 좋겠어."

"나를 좀 끼워주면 좋겠어."

"나에게도 연인이 있었으면 좋겠어."

이처럼 모든 것이 자기중심적이다. 자기중심적으로 생각하면 할수록 외로움은 더욱 더 커진다. 먼저 이런 성향을 가진 자아를 인정하는 것부터 시작해야 한다.

그리고 타인이 아닌 신에게서 연대감을 추구해야 한다.

가령 아버지가 당신의 이야기에 귀를 기울여주지 않는다고 치자. 당신 아버지는 어쩌면 당신이 하고자 하는 말에 관심이 없을 수도 있다. 아니면 그저 피곤해서 쉬고 싶었기 때문일 수도 있다. 이럴 때는 어떻게 하면 되겠는가? 아버지에게 사랑받으려고만 집착하지 말고 당신이 먼저 아버지를 사랑하고자 애써야 한다. 당신과 대화를 나누고 싶어 하지 않는 아버지의 마음을 헤아린다면 다그치지 않고 이해해야 한다. 자기 중심적으로만 생각하니까 서운한 마음이 드는 것이다. 아버지 중심으로 생각하면 서운한 마음은 사라진다.

당신 나름대로 할 수 있는 일을 찾아 하나 하나 해나가는 것이다. 그것이 '신의 도구'로서 취해야 할 자세다. 그러나 아무리 작은 일이라도 '신의 도구'라는 생각으로 임하면 고독감은 사라진다.

 생각의 법칙 43

사랑받고 싶다고만 생각하지 말고 사랑하겠다고 생각하면 고독감은 사라진다.

Part 8

생각은 행복력

행운을 진정한 행복으로 만들자

DREAM

44

어떤 일이 있어도 자기 자신을 잃어서는
안 된다. 항상 자신을 갈고 연마하는
사람에게만 행복은 찾아온다.

살다보면 운이 좋았다고 느낄 때도, 운이 나빴다고 느낄 때
도 있다.

그러나 세상만사는 '원인과 결과의 법칙'에서 한 치도 어
긋나는 법이 없다. 재수가 좋고 나쁨도 다 그 법칙 내에서 일
어나는 일일 뿐이다.

그러나 우리는 행운을 맞은 사람을 보고 신의 총애를 받았
다고 부러워한다.

"저 사람은 늘 운이 좋단 말이야. 왜 나한테는 저런 좋은 일

이 일어나지 않지?"

하면서 남의 행운을 부러워하고 나의 불운을 한탄한다.

그러나 행운이라고 생각했던 일들이 나중에 불행의 씨앗이
되는 경우를 종종 본다. 예를 들어 1억 엔 복권에 당첨된 사
람이 있다고 하자. 주변 사람들의 눈에는 그야말로 '복 터진
사람'이다.

그러나 굴러들어온 돈을 제대로 쓰지 못하고 방탕한 생활
을 거듭하다 급기야는 폐인이 된 사람들의 이야기를 종종 듣
는다. 말 그대로 '행운'이 불행의 씨앗이 된 경우다.

반대로 1억 엔을 잘 활용하여 인류에 공헌하는 위대한 업
적을 달성했다면 굴러 들어온 '행운'은 행복의 씨앗이 된다.

즉 행운과 불운은 어디까지나 일시적인 현상에 불과할 뿐
행운과 불운을 '행복의 씨앗'으로 만들지 '불행의 씨앗'으로
만들지는 본인의 역량에 달린 것이다.

운에 좌우되지 않고 늘 자신을 연마하는 사람은 언젠가는
행복이라는 보수를 받게 된다. 그러나 반대로 늘 운 탓만 하
고 성실하게 자신을 연마하지 않는 사람에게는 행복은 따라
오지 않는다.

행운과 불운은 누구에게나 비슷한 확률로 찾아온다. 원인과 결과의 법칙은 인간의 기대와는 무관하게 일어난다. 그러므로 다른 사람의 행운을 부러워하거나 자신의 불운을 한탄해봐야 자기 마음만 다칠 뿐이다.

재수에 울고 웃지 말고 늘 자신을 연마하겠다는 의지를 꺼트리지 말아야 한다. 부단하게 자기 자신을 연마하는 사람에게만 진짜 행복이 찾아오는 법이다.

 생각의 법칙 44

늘 겸허하게 자신을 연마하는 사람만이 성공하고 발전한다.

45

주변 사람들이 하는 행동을 기준으로
삼지 말자. 양심에 따라 행동하면
절대 잘못될 일이 없다.

'양심 마비의 법칙'이란 말을 들어보았는가? 양심에 부끄
러운 짓을 하면 할수록 점점 마비되어 간다는 말이다. '어떻
게 저런 끔찍한 짓을 할 수 있지?' 하고 고개를 절래절래 흔
들게 만드는 흉악한 범죄자라도 처음부터 그렇게 나쁜 사람
은 아니었을 것이다. 천천히 양심이 마비되면서 급기야는 끔
찍한 범죄를 저지르게 된다.

가령 회사 동료가 회사 비품을 집에 가져가는 것을 목격했
다. 그걸 보고 한두 사람이 따라서 비품을 집에 가져갔다. 이

모습을 본 당신은 '모두가 하는 일인데 나도 한 번쯤은 괜찮겠지' 하고 집에 회사 물건을 가져갔다.

처음에는 양심에 찔렸을 것이다. 그러나 비록 나쁜 짓이라 할지라도 자기가 한 일을 정당화하는 것이 우리 인간이다. '나만 그러는 것도 아니고 비품 한두 개 가져갔다고 회사가 어떻게 되는 것도 아니잖아' 이런 식으로 점점 양심이 마비되어 간다.

그럴수록 유혹이 생길 때마다 그것을 억제하는 힘도 점점 약해진다. 급기야 두 번 세 번 같은 짓을 반복한다. 첫 번째와 비교했을 때 두 번째는 나쁜 짓을 하고 있다는 감각이 반으로 줄어든다. 급기야는 좋은 일과 나쁜 일을 구별할 수조차 없게 된다.

'양심 마비의 법칙'을 기억하자. 양심에 찔리는 짓을 했다면 두 번 다시 하지 않겠다고 마음먹고 단호하게 그 행위를 중단해야 한다. 유혹에 넘어가서는 안 된다. 양심은 신이 우리에게 주신 선물이다. 냉정하게 생각하면 해도 괜찮은 일인지 해서는 안 되는 일인지 누구나 알 수 있다.

주변 사람들의 행동을 기준으로 삼지 말자. 주변 사람들이 모두 '양심이 마비된' 상태일지 모른다. 주황이 진해지면 점점 붉은 색이 된다. 붉은 색이 되지 않기 위해서는 주변 사람들이 아니라 자신의 양심으로 판단해야 한다. **양심에 걸리는 일은 오늘부터 당장 끊어버리자.**

 생각의 법칙 45

양심에 부끄러운 일을 하면 할수록 양심은 마비된다.

46

성공을 거머쥐었다고 해도 절대로
자만하지 말라. 자만할 시간이 있다면
자기보다 나은 사람에게 눈을 돌리자.

∶
∶
∶
∶

　성공을 손에 거머쥐고 자만해지는 사람을 종종 본다. 남보다 힘든 고지를 점령한 만큼 자만해지는 마음도 이해가 안 가는 것은 아니다.

　그러나 거기에는 큰 함정이 도사리고 있다. 자만심이 강해지면 강해질수록 다른 사람의 훌륭한 면을 보지 못한다. 스스로에게 도취되어 있기 때문이다. 그 결과 시야가 좁아져 자기가 몸담고 있는 분야에서조차 폭을 넓히지 못하고 제자리걸음을 하고 만다.

나 또한 몇 년 전까지 책을 많이 냈다는 사실에 대해 자만해 있던 게 사실이다. 인세로 안정적인 생활을 누리고 싶었던 것은 나의 오랜 꿈이었고 어린 시절부터 동경하던 일이었기 때문에 내가 대단한 사람이라고 착각하고 있었던 것이다.

물론 나보다 훌륭한 문필가는 세상에 얼마든지 있다. 그런 사람들에 비하면 아직도 갈 길이 멀다는 사실을 누구보다도 내가 제일 잘 알고 있다. 그럼에도 지인이나 친구들의 동경 어린 시선을 받고 잡지 인터뷰 등에서 내 맘대로 한두 시간 지껄여도 꽤 큰 보수를 받거나 하면 '내가 이렇게 대단한 사람인가!' 하고 어깨가 으쓱거리곤 한다.

그러나 작년에 대학원에 재입학하여 '나와는 다른 분야에서 나보다 훨씬 더 노력하여 훌륭한 업적을 올린 사람들이 많이 있다'는 사실을 뼈저리게 느꼈다. 대학원에 들어가길 잘했다고 느끼는 부분이 바로 이 부분이다. 지식과 실력의 배양이 아닌 것이다. 만약 그걸 깨닫지 못하고 80권, 90권, 100권 책을 계속 내다가는 자만심이 하늘을 찔러 형편없는 인간이 되어 있었을지도 모르기 때문이다.

성공을 거머쥐었다면 마음껏 기뻐하자. 그러나 자만심은

금물이다. 당신이 모르는 곳에서 당신 이상으로 노력을 거듭해서 세상에 공헌하는 훌륭한 사람들은 얼마든지 있다. 그런 사람들에게 눈을 돌리자. 그러면 겸허함을 잃지 않을 수 있다. 더욱 더 노력해야겠다는 패기와 용기가 생긴다. 그런 사람만이 진짜로 성공할 수 있다.

 생각의 법칙 46

자만하는 순간 발전도 멈춘다.

예상보다 좋은 결과를 얻었다면
그 날 하루만 축배의 잔을 들자.
그리고 다음날부터 다시 허리춤을 동여매자.

어떤 일에 매진하면 반드시 결과가 나온다. 그 결과가 어쩌면 당신이 예상했던 것보다 훨씬 좋은 결과가 나올 수도, 나쁜 결과가 나올 수도 있다.

그런데 예상보다 좋은 결과를 얻었을 때는 주의가 필요하다.

고등학교 동급생의 이야기이다. 그는 평상시 자기 성적으로는 도저히 입학이 불가능해보이는 일류 사립대학을 동경했다. 그리고 선생님과 친구들의 만류에도 불구하고 본인은

'기념 시험' 어쩌고저쩌고하면서 그 대학에 시험을 치렀다. 그러나 놀라울 일이 벌어졌다. 졸업 직후 동창회에서 얘기를 들으니 법학부는 불과 2점, 상학부는 불과 3점이라는 점수 차이로 떨어졌다는 것이다. 담임선생은 "이렇게까지 점수가 잘 나올 줄 몰랐어. 이 정도면 내년에 합격은 따논 당상인데."하며 흥분을 감추지 못했다고 한다. 불과 2점이 모자랐다는 사실에 모두들 상당히 고무되었던 것이다. 그런데 다음해 동창회에서 그는 처음에 원했던 그 대학 뿐 아니라 비슷한 수준의 대학에서도 모두 고배를 마셨다는 소식을 들었다.

옛날 직장의 동료에게도 비슷한 일이 있었다. 작가 지망생이었던 그녀는 어느 날 한 문학상에 응모했다. 얘기를 들어본즉 별 노력 없이 적당히 써서 냈다고 한다. 그런데 놀랍게도 마지막 관문까지 남게 되었다. 그 결과에 흥분한 그녀는 이런 말을 했다.

"별로 힘 안들이고 쓴 건데 마지막까지 남았지 뭐예요. 제대로만 하면 작가 되는 건 시간문제겠어요."

그러나 몇 년 후 들은 소식에 의하면 그녀는 작가의 꿈을 접었다고 한다.

예상 밖에 좋은 결과를 얻었더라도 '뭐야, 겨우 이 정도였어.' 하는 오만한 마음을 가져서는 안 된다. 어느 분야에서도 '겨우 이 정도' 수준으로 끝나는 곳은 없다. 그런 생각을 하는 순간부터 발전은 기대하기 힘들다. 그들은 성공도 하지 못한 단계에서 오만한 마음을 가졌었기 때문에 한 번도 성공하지 못하고 꿈을 접어야 했다.

이치로 선수는 메이저 리그에 진출한 첫 해에 MVP라는 큰 영예를 거머쥐었다. 그러나 그렇게 큰 영예를 안고도 오만한 마음을 가지지 않고 더 큰 미래를 위해 노력한 결과 3년 후에는 안타수 세계 신기록이라는 위업을 달성했다. 그러나 이치로 선수에게 이는 아직도 과정에 불과하다.

예상보다 좋은 결과를 얻었다면 그 날 하루만 축배의 잔을 들자. 다음날부터는 '더 큰 미래'를 향해 나아가야 한다. 그런 사람만이 오랫동안 성공의 기쁨을 맛볼 수 있다.

생각의 법칙 47

'뭐야, 겨우 이 정도였어' 하는 오만함이 당신의 발목을 잡는다.

하루 하루 최선을 다하자.
당신의 그런 진지함이 당신을 빛낸다.

플라톤은 기원전 4세기를 살았던 철학자다. 그는 현대를 살아가는 우리보다 2000년이나 앞선 시대를 살았던 사람이지만 이 세상에 존재하는 모든 것은 그림자요, 본질은 영혼에 있다는 사실을 설파했다. 본질을 보지 못하고 그림자에만 손을 뻗치려고 하는 현대의 우리들보다 본질을 꿰뚫는 눈이 예리했던 것이다.

사진만 보고는 그다지 미인이라고 생각하지 못했는데 실제로 보면 아름다움이 느껴지는 사람이 있는 반면 그 반대도 있다. 이는 얼굴이라는 그림자와 함께 그 사람의 본질도 우리가 함께 보고 있기 때문이다.

그러므로 아름다움의 본질이 보이면 외관상으로 별로 아름답지 않아도 점점 아름답게 보인다.

열심히 공부하고 있는 모습, 땀 흘리며 일에 매진하는 모습에서 불가사의한 아름다움이 느껴지지 않는가?

반대로 외모는 아름답지만 아름다움의 본질을 거스르며 살고 있는 사람을 보면 어쩐지 아름답다는 느낌이 들지 않는다. 추한 본질도 함께 우리 눈에 보이기 때문이다.

그러니 외모 때문에 고민할 필요는 없다. 성실하게 하루 하루 열심히 사는 당신에게서 사람들은 매력을 느낀다. 그런 사람은 영혼이 아름답기 때문이다. **아름답게 사는 사람에게서만 아름다움이 느껴진다.** 그저 외모가 출중하다고 해서 아름답다고 느끼지는 않는다.

진지하게 어떤 일에 몰두하는 모습에서는 불가사의한 아름다움이 느껴진다.

아름다운 삶을 살면 점점 아름다움을 발산하게 된다.

후회 없는 삶을 살자.
죽는 순간 자신의 삶을 돌아보았을 때
어떤 생각이 들지 자문해보자.

인간은 누구나 선악의 판단기준을 가지고 있으며 자신의 신념에 따라 행동한다. 나쁜 범죄를 일삼는 사람도 '어떻게 하다보니까 여기까지 왔다'고 후회하는 사람들이 대부분으로, 처음부터 악마의 탈을 쓰고 태어난 사람은 없다.

우리는 왜 후회를 할까? 자신의 신념에 따라 행동했다면 후회할 일도 없지 않은가?

그것은 선악의 판단 기준이 단기적인 시야로 볼 경우와 장기적인 시야로 볼 경우가 다르기 때문이다. 그 때 그 때 '좋은 일'이라고 판단해도 긴 안목으로 보면 '나쁜 일'인 경우가 많다는 말이다.

후회가 남지 않는 인생을 살고자 한다면 죽는 순간 자신의 인생을 돌아보았을 때 어떤 생각이 들지 끊임없이 자문하면서 살아야 한다. 그러면 나만 좋으면 된다는 생각보다 작은 일이라도 다른 사람에게 감사의 말을 들을 수 있는 일을 하면서 살고 싶다는 마음이 용솟음친다. 그런 장기적인 시야가 우리 삶의 왜곡을 막는다.

생각의 법칙 49

다른 사람을 기쁘게 하는 삶이 당신을 후회에서 건져 낸다.

세상만사는 **원인과 결과의 법칙**에
따라 움직인다. 타인을 위해, 이 세상을 위해
마음을 다해 기도하고 성실한 삶을 살자.
그러면 반드시 좋은 결과가 당신을 기다리고 있다.

50

당신은 기도할 때 어떤 것을 소망하는가?

'내년에는 반드시 부장으로 승진할 수 있도록……'

'이 복권이 꼭 맞게 되기를……'

'올해에는 짝사랑하는 그이가 나를 사랑할 수 있게……'

이런 것들은 모두 자기중심적인 소망이다. 자기밖에는 아무 것도 없다. 그러나 '나만 잘되면 그만'이라는 이런 생각으로 아무리 소원을 빌어봐야 실현될 가능성은 극히 희박하다.

이런 소원을 일일이 들어주려면 신도 제 정신이 아닐 것이다. 모두가 다 복권을 맞게 해주어야지 주식값도 전부 올려주어야 하지, 어디 그 뿐인가. 근무 태도에 상관없이 모두 다 승진도 시켜주어야 한다. 아무리 흉악한 범죄자라도 죄를 면죄해주어야 할 것이 아닌가?

그러나 세상 일이 그리 녹녹하지만은 않다. 원인과 결과의 법칙은 '이렇게 해주면 좋겠다, 저렇게 해주면 좋겠다' 는 바람에 관계없이 공평하게 움직인다. 자기중심적인 바람은 아무리 간절히 빌어봐야 이루어질 리 만무하다. 시간만 낭비할 뿐이다.

그러면 어떻게 소원을 빌어야 할까?

가령 '내년에는 반드시 부장으로 승진할 수 있도록……' 하는 바람은 자기중심적이다. 나만 좋으면 그만이라는 식의 소원이다.

그러나 '좀더 회사를 위해 공헌할 수 있도록……' 하는 바람은 회사를 위한, 사회를 위한 소원이므로 이루어지기도 쉽다.

실제로 이런 마음이 진심이라면 회사에 공헌하기 위한 방법이 하나 둘 씩 머리에 떠오르기 마련이다. 그리고 그것을 성실히 수행해나가다 보면 부장으로 승진할 수 있다. 부장으로 승진하지 못했더라도 본인이 진심으로 회사에 공헌하고자 노력한다면 부장으로 승진하는 것보다 훨씬 더 큰 행복이 찾아온다.

다시 한번 말한다. 자기중심적인 소원은 아무리 빌어봐야 이루어지지 않는다. 세상의 모든 일은 '원인과 결과의 법칙'에 따라 움직일 뿐이다.

매일 놀기만 하는 사람이 기도만 한다고 어려운 자격시험을 통과할 리 없으며 살인을 저지른 살인자가 그 죄를 면하게 해달라고 아무리 빌어봐야 이루어질 턱이 없다. 뿌린 대로 거둔다는 말도 있지 않은가? 자기가 뿌린 씨앗은 반드시 자기 손으로 거두게 되어 있다. 소망을 빌 때는 자신을 신의 도구로 활용해달라고 빌어야 한다. 그러면 반드시 길이 보인다. 그 길을 착실히 걸어가다 보면 소망은 반드시 열매를 거둔다.

> ### 생각의 법칙 50
> 타인과 세상을 위해 소원을 빌자. 그것을 실행하다보면 당신의 소원은 이루어진다.

'생각'을 소중하게 키우면 반드시 꽃을 피운다.

　이 책에서는 다양한 사례를 들어 '생각'의 법칙을 소개하고 있다.

　50가지 법칙의 공통점은 본질을 보고 노력을 계속하면 반드시 결과가 나타난다는 것이다.

　그러나 너무 조급해하지는 말자.

　'생각과 결과의 법칙'에서 '결과'가 나오는 시기는 언제라고 정해져 있지 않기 때문이다.

　비교적 간단히 결과가 나올 때도 있다. 그 시기가 뚜렷이 눈에 보이는 경우도 있다. 그러나 생각지도 못한 타이밍에 생각지도 못한 형식으로 '결과'가 나타낼 때도 종종 있다.

'결과'에만 집착하는 사람은 빨리 '결과'가 나오지 않는다고 종종걸음을 친다. 그런 사람은 '10일 만에 영어회화 정복' '1년에 수입이 9배' '주식 대박'과 같은 '마법의 지팡이'를 기대한다.

그러나 이 책은 그런 '마법의 지팡이'를 약속하지 않는다. 우주는 '생각과 결과의 법칙'대로 움직이기 때문에 '마법의 지팡이'라는 것은 존재하지 않는다. '마법의 지팡이'를 쓰면 성실하게 노력하지 않고도 꿈이 실현되기 때문에 노력이 무의미해진다.

그렇다면 앞에서 강조한 '생각할 때 비로소 꿈이 이루어진다!'는 말은 어떤 의미일까? 이를 짚고 넘어가보자.

영어에 living the dream 이라는 표현이 있다. live는 보통 '살아 있다'는 말로 번역되는데 이 경우에는 '실현된다'는 말로 번역된다. 즉 '꿈이 살아 있다' = '꿈이 실현된다'는 말이 된다.

이 책에서는 수차례에 걸쳐 그림자가 아니라 본질을 보라고 강조하고 있다.

본질은 꿈을 의미한다.

그것은 노력, 배려, 성실, 근면, 친절, 독립심, 정직, 애정, 우정, 동정, 용기, 인내, 극기심, 자비, 이타심, 관용, 평상심, 조화, 절제 등과 같은 '훌륭한 인격체'가 되기 위한 의지다. 그리고 이런 것들을 하나하나 실행해나갈 때 비로소 living the dream에 다다른다.

가령 어려운 자격시험에 통과하기 위해 공부하고 있다고 가정해보자. 본질을 꿰뚫는 사람에게는 공부 그 자체가 living the dream인 것이다. 돈을 벌기 위해 열심히 일에 매진할 때도 성심성의껏 일에 몰두하는 자체가 living the dream이다. 본질을 똑바로 직시하면 그것을 실행하는 것만으로도 '꿈을 실현한' 것이라고 할 수 있다. 그러므로 생각할 때 비로소 꿈이 이루어진다는 말은 생각만 한다고 꿈이 이루어진다는 의미가 아니다.

이제 깨달았는가? 본질을 직시하고 '훌륭한 인간이 되겠다'고 결의한 시점에서 꿈은 이미 이루어진 것과 다름없다. '생각'은 당신에게 주어진 기회다. 기회를 하나하나 실천해나가야 한다. 부단히 노력하다보면 언젠가 '생각과 결과의 법칙' 대로 '결과'가 나타나가 마련이다. 단, 그 '결과'가 나타나는 시기는 스스로 정할 수 없는 문제이므로 조급해해서는 안 된다.

　지금 당장 '훌륭한 인격의 소유자가 되겠다'고 결심하자. 그리고 당신이 할 수 있는 일을 찾아 하나씩 하나씩 실천하자. 그런 마음가짐으로 삶을 충실히 가꾸어가다 보면 반드시 크고 아름다운 꽃이 필 날이 오리라.

청춘아,
산을 만나면 길을내고
물을 만나면 다리를 놓아라

초판1쇄 발행 2009년 12월 8일
개정판1쇄 발행 2016년 6월 17일

지은이 미야자키 신지
옮긴이 정은지
펴낸이 박대용
펴낸곳 도서출판 부자나라

디자인 디자인 상상

주소 10882 경기도 파주시 교하읍 산남리 292-8
전화 031)957-3890, 3891, **팩스** 031)957-3889
이메일주소 zinggumdari@hanmail.net

출판등록 제406-2104-000069호
등록일자 2014년 7월 23일
ISBN 979-11-953288-7-1 03830